语言群岛图

命令式岛

不定式岛

发生海难的海滩

虚拟式岛

词语商店

市政厅

词语市场

例外办公

医院

词语城

欢迎登录 http://www.erik-orsenna.com
来到奥瑟纳的语言群岛

我愿意带着学生及其家长和老师，带着所有爱好语言和文字的人，在温柔的语法、刺人的音符、奇幻的语态和起舞的标点当中，探索语言王国的奥秘。

——埃里克·奥瑟纳

苇屋村

利先生的家

词语命名
者的小屋

最重要的工厂

语法是
一首温柔的歌

（法）埃里克·奥瑟纳 著　彭怡 译

La grammaire est une chanson douce
Erik Orsenna

海天出版社（中国·深圳）

图书在版编目(CIP)数据

语法是一首温柔的歌 / (法) 奥瑟纳著；彭怡译.
—深圳：海天出版社，2015.9
（语言群岛探秘）
ISBN 978-7-5507-1443-4

Ⅰ.①语… Ⅱ.①奥… ②彭… Ⅲ.①中篇小说—法国—现代 Ⅳ.①I565.45

中国版本图书馆CIP数据核字(2015)第186982号

版权登记号　图字 19-2013-175 号
La grammaire est une chanson douce
Erik Orsenna
© Éditions Stock, 2001

语法是一首温柔的歌
YUFA SHI YISHOU WENROU DE GE

出 品 人	聂雄前
责任编辑	胡小跃
责任校对	万妮霞
责任技编	蔡梅琴
封面设计	蒙丹广告

出版发行	海天出版社
地　　址	深圳市彩田南路海天综合大厦　(518033)
网　　址	www.htph.com.cn
订购电话	0755-83460293(批发)　83460293(邮购)
设计制作	深圳市龙墨文化传播有限公司（电话：0755-83461000）
印　　刷	深圳市希望印务有限公司
开　　本	889mm×1194mm　1/32
印　　张	5.375
字　　数	70千
版　　次	2015年9月第1版
印　　次	2015年9月第1次
定　　价	23.00元

海天版图书版权所有，侵权必究。
海天版图书凡有印装质量问题，请随时向承印厂调换。

人物表

让娜　我温柔、害羞、喜欢梦想、个子矮小,看起来不像是 10 岁的女孩,但你们别想因此而进攻我。我懂得如何防卫。我其实就像我看起来的那样:温柔、害羞、喜欢梦想,即使是在生活极为残酷的时候也是如此。

罗兰老师　罗兰老师十分年轻,她很喜欢拉封丹,给我们讲了一个又一个寓言,就像带着我们在最明亮、最神秘的花园里散步。罗兰老师虽然一头金发,非常年轻,但一点都不怕词语。如果不能真实地说出一个词,她宁愿死。

雅戈诺夫人　是男是女?没办法知道,因为此人除了干瘪,没有其他任何特征。

亨利先生　一个皮肤黝黑的先生,身体站得笔直,穿着白色的亚麻布衣服，戴着扁平的狭边草帽，脚蹬一双用鹿皮做的鞋子，红白双色，不穿袜子。不如像我们这样，直接踩在沙子上。

亨利先生的侄子　一个身材高大的小伙子，穿着颜色杂乱的衣服，花衬衣，黄色的喇叭裤，斜挎着吉他。毫无疑问，一个俊男。

老太太　椅子上，坐在一个老人，穿着一件节日的白色长裙。那把椅子，椅背很高很高，就是在城堡里常见的那种。我从来没有见过那么老的人，她脸上的皱纹不是一般的皱纹，而是皮肤都皲裂开了，沟壑纵横，刀刻一般，真像是岩石；她的眼睛消失在不像是真的褶皱中，嘴看起来就像一个空洞。此外，她还有一头雪白的长发，像是白色母狮的长毛。

内克罗尔　内克罗尔是这个群岛的总督，他不能忍受我们对词语的爱好，决定恢复群岛的秩序："不管你们愿不愿意，我要把它们减少到500个，600个，严格按需来办。词语太多，就不想干活了。你看见那些岛民了：他们一心想着说话唱歌。"

托马斯 让娜的哥哥,14岁。他像被催眠了一般,盯着俊男的手指,那双手在吉他的弦上灵活地拨动,就像猫一样灵巧。"你好像对音乐比对语言更感兴趣。请注意,如果你决定学音乐,那就终身与它为伴,永远不能抛弃它……"

造词厂厂长 这是一个长得很高的人,可以说,是一头没有血肉的长颈鹿,一个巨大的骨架,在上面稍微贴了一点皮肤,免得吓坏别人。这个厂长看起来很可怕,其实非常和蔼。只是,他太喜欢词语了,日日夜夜都把心思放在它们身上,都忘了吃饭。

作家们 "什么才是大作家?"
"大作家是造句的人,他们不管用什么句式,一心想着探索真理。作家的义务是揭示真理,真理是自由最好的朋友。"

让娜的父母 离异,分居在大西洋两岸,于是让娜和托马斯不得不在大洋两岸不断航行。
受词语的感召,他们最后能破镜重圆吗?

第 1 章

你们要当心!

我温柔、害羞、喜欢梦想、个子矮小,看起来不像是 10 岁的女孩,但你们别想因此而进攻我。我知道如何防卫。我的父母(要永远永远感谢他们)给了我最有用的礼物:一个好名字。因为那是最善于打仗的人的名字——让娜。就是圣女贞德的那个让娜①,她从牧羊女成了让英国人闻风丧胆的将军;也可以是另一

---

① 圣女贞德(1412 — 1431),法国民族英雄,在英法百年战争(1337 — 1453)中,她带领法国军队对抗英军的入侵,被捕后被处以火刑,牺牲时年仅 19 岁。贞德的法文名直译应为"让娜·达尔"。

个叫做阿歇特的让娜①,因为她唯一的爱好就是把敌人削成肉片。

怎么只例举几个最出名的让娜?

我哥哥托马斯(今年14岁)总忍不住这样说。他虽然很可能属于那类坏蛋(男孩),但也不得不学会尊重我。

我是说,我真的就像我看起来的那样:温柔、害羞、喜欢梦想。即使是在生活极为残酷的时候也是如此。你们以后可以自己判断。

三月的那天早晨,逾越节假期的前一天,一只羊羔平静地来到一汪干净的泉水边喝水。上星期,我已经知道,假惺惺的狐狸吃掉了听信它的乌鸦。再上个星期,是乌龟与兔子赛跑……

---

① 让娜·阿歇特(1456—不详),出生于法国博韦,曾率博韦人抵抗勃艮第公爵"大胆查理"。

你们已经猜到了:每个星期二和星期四,9点到11点,各种动物在我们老师的邀请下,都会涌进我们的教室。罗兰老师十分年轻,她很喜欢拉封丹①,给我们讲了一个又一个寓言,就像带着我们在最明亮、最神秘的花园里散步。

孩子们,你们听:

---

① 拉封丹(1621 — 1695),法国寓言诗人,其《寓言诗》与《伊索寓言》和《克雷洛夫寓言》并称为世界三大寓言。

一只青蛙看见一头牛,
觉得那真是庞然大物。
它自己就鸡蛋那么小,
渴望变得像牛一般大……

还有:

"滚,羸弱的小飞虫,光吃粪便!"
有一天,狮子用这样的语言
侮辱了苍蝇,苍蝇不干,
勇敢地向狮子进行宣战。

罗兰老师背着背着,脸一下红,一下白。这是一种真正的爱啊!

"你们发现了吗?寥寥几行字,如此出色地勾勒出故事……你们看见了,青蛙的妒忌心很强,不是吗?羸弱的小飞虫,你们没有听见它在嗡嗡地叫吗?"

"对不起,老师,'粪便'是什么意思?"

"不就是大便嘛,让娜。"

罗兰老师虽然一头金发,非常年轻,但一点都不怕粗俗的词语。如果不能真实地说出一个词,她宁愿死。

"孩子们,为自己祝福吧!你们很幸运地降生在世界上最优美的语言之一当中。法语就是你们的国度。你们要学习它,创造它。它将成为你们这辈子最亲密的朋友。"

三月的那天早上,在校长贝藏松先生的陪同下,一个皮包骨头的人走进我们的教室。是男是女?没办法知道,因为此人除了干瘪,没有其他任何特征。

"同学们好,"校长说,"雅戈诺夫人今天到我们学校里来检查教学规范的落实情况。"

"别说废话了!"

女来访者一挥手就把贝藏松先生打发走了(他平时那么严肃,我从来没有看见过他这样:唯唯诺诺,低声下气),然后,指着我们的罗兰老师:

"继续讲课,接着讲。尤其要记住,就当我不在这儿!"

可怜的罗兰老师!面对这具干尸,怎么能正常说话呢?她绞着手,深深地吸了一口气,勇敢地讲课了:

在清冽的流水边上,

一只羊羔在饮水解渴；
突然来了找吃的一头饿狼……

"羊羔……大家知道，羊羔往往和温柔、天真联系在一起。我们不是常说，'像羊羔一样温顺'、'像刚刚生下来的羊羔一样天真'吗？我们会立即想起平静、安宁……文中使用的未完成过去时，加强了这种稳定感。你们还记得吗，我讲语法的时候跟你们解释过：未完成过去时是一种表示时间延续的时态，它是一种有时间长度的时态……你们和我可能会这样写：一只羊羔在喝水。但拉封丹却喜欢这样写：一只羊羔在饮水解渴……4个单词，时间拖长了，效果就出来了，人们可以不慌不忙，大自然是多么平静……这是'语言魅力'的一个典型例子。是的，词语是真正的魔术师，它们能让我们看不见的东西突然出现在我们眼前。我们虽然是在教室里，但通过这种神奇的魔术，我们仿佛置身于乡村,看着一只白色的小羊羔在……"

雅戈诺夫人生气了,她涂成紫色的指甲在桌子上越抓越用力:

"对不起,这位老师,你的这番激情完全没有必要。"

罗兰老师匆匆朝窗外扫了一眼,似乎在求援。她接着说:

"拉封丹使用动词的本领无人能及。一头狼'突然出现',这里用的是现在时;要是别人,通常会用简单过去时。这里用现在时能带来什么效果呢?给人以一种威胁加深的感觉。那是在现在,马上就会发生。第一个句子的平静感一下子被打破了。危险出现了,突然来临。大家都害怕了。"

"得了,得了……净说些不确切的东西,近似的东西……只言片语,可你需要的是告诉学生们怎样写记叙文:怎样保持文章的连贯?这里的主题变化采取什么方式?陈述背景时综合了哪些办法？这里要学的是讲述故事还是发表议论？这才是教学的基本内容！"

骨瘦如柴的雅戈诺夫人站了起来：

"……我用不着再多听了。这位老师，你不懂得教学，你完全不遵守教育部的指示。很不严肃，一点都不科学，在叙述、描述和论述之间毫不区分。"

对我们来说，这个雅戈诺显然是不知所云。罗兰老师好像也这样认为：

"可是，夫人，这些概念是不是太复杂了？我的学生们还不到12岁，他们才上6年级！"

"那又怎么样？法国的孩子就不能学习准确的知识了？"

下课铃声打断了她们的争执。

那个骨瘦如柴的女人坐在办公桌前，填了一张表，递给我们泪水汪汪的可怜的罗兰老师：

"姑娘,尽快地好好回炉。你运气不错:后天就有一个进修班要开课。这张表上有学校的地址,他们会负责你的进修。去吧,别哭哭啼啼的了,经过短短一周的教学法进修,你以后就知道怎么上课了。"

她难看地做了一个"再见"的动作。

在已经在走廊上等待的贝藏松先生(他依然那么甜言蜜语、点头哈腰)的陪同下,雅戈诺夫人又去别的地方折磨人了。

通常,由于假期临近,我们应该叫啊、喊啊、跳啊的。尤其是我,马上就要坐"大西洋"号漂洋过海了。可是现在,什么都没有,一片寂静。我们面面相觑,大张着嘴,好像鱼缸里的金鱼。亲爱的罗兰老师伤心成那样,我们心里也不好受。那所可怕的学校要给她什么样的"教学法培训"呢？我当时并不知道，老师也有老师。那些给老师当老师的老师一定凶得不得了。

❈
❈ ❈

晚上，我梦到有人拿着钳子准备撬开我的脑袋，想在里面安放一堆他带来的词语。那些词语像骨架一样干瘪，枯燥无味。幸亏，一头狮子、一只小飞虫和一只乌龟前来保护我，把那个恶人和他的钳子赶跑了。

第二天下午，我就跟我哥哥出海远行了。

第 2 章

风暴来了,就像我们常见的那样。突然,地平线动了起来,桌子剧烈摇晃,玻璃杯互相碰撞,发出丁丁当当的声音。

为了庆祝马上就要到达美洲,船长在船上最大的大厅里组织了一场"斯卡博国际冠军赛"。斯卡博是一种奇特的游戏,挺烦人的,用一些塑料做的字母来组合一些罕见的词。词越是罕见,包含的罕用字母(如 Z、W 等)越多,得到的分就越多。

获得比赛冠军的男男女女互相对视,脸色苍白,先后站起来,左手捂嘴,迅速跑离比赛大厅。我还记得有个个子不高、长得干干净净的女士,跑得不够快,结果手指间流满了绿色的物质。她羞得眼泪都要出来了。

桌上还摆着一些白色的字母和几本翻开的词典。

托马斯出神地看着我,幸亏还剩下一点礼貌,否则他肯定忍不住要发出大笑。

亲爱的读者们,我得向你们承认,我和我哥哥太喜欢大海颠簸成这样了:乘客的胃翻江倒海,餐厅里的人都跑光了,只剩下我们。船员们都被我们的胃口惊呆了,钦佩地看着我们竟然还能不慌不忙、有滋有味地大吃大喝。

船长走过来对我们说:

"让娜,托马斯,你们真让我感到惊讶,就像是老海员似的。你们怎么会有这种本领的?"

泪水从我的脸上流下来(说哭就哭,这是我众多的本领之一)。

"唉,先生,但愿您能了解我们悲惨的故

事……"

我再次讲述了父母离异的故事。他们无法生活在一起,便明智地决定分别在大西洋的两岸生活,这样总比从早到晚互相吵架好。

"我明白,我明白,"船长结结巴巴,深表同情,"可是……你们为什么不坐飞机?"

"像我们的奶奶一样,刚起飞就摔死?"

托马斯用牙齿咬着手腕,费了很大的劲才没让自己笑出来。

谢谢爸爸,谢谢妈妈,谢谢他们那么不爱我们!如果是在一个正常的家庭里,我们决不会这样三天两头地旅行。

第 3 章

这回,我们亲爱的风暴不笑了。它不再像往常那样,像妈妈晃动着浴缸里的水逗孩子玩那样,而是真的发怒了,越来越狂怒。它恶狠狠地击打着我们可怜的船只,山一般的巨浪向我们扑来,要把我们的船猛地摔到深渊里。船体发出破裂的声响,剧烈抖动。尽管它非常勇敢,但一种恐惧,一种让人惊慌的恐惧慢慢地攫住了它。我这辈子从来没有见过这样剧烈的颤抖。我摔倒在地,爬起来,又摔倒,在突然倾斜得像滑梯的地板上滑来滑去,到处碰撞,脸也被桌角刮了一个口。我清楚地感觉到,这种颠簸已经把我的内脏全都弄乱了。我的心脏随时都有可能掉下来,胃也一样。我的大脑已经在我脑门的骨头里面乱了套。

※
※ ※

没有什么比恐慌更有传染性了。好长时间了,那个如此开心的客舱服务员,还有我的未婚夫,那个金发二副,更别说那个看见我们狼吞虎咽就开心得不得了的黑发厨师,他们都没有了笑容。船只要稍微有点驶偏,他们就会惊跳起来,闭上眼睛,好像大海对船的击打都落在他们身上。他们紧紧地互相抓住对方,一脸怪相,也许是在祈祷。我看见他们嘴唇发抖。

我暴露出一个奇特的弱点:我差点要原谅托马斯给我造成的所有痛苦了。当我们最后的时刻到来时,我们会放弃一切傲慢。

不过,既然要死了,我想就要死得漂亮点。

我一手抓住我哥哥,瞅准船又剧烈摇晃起

来的当儿,冲到通往甲板的门口。

"不许出去!"二副大喊,"你们会被甩出去的!"

他试图抓住我们,但已经太晚,船又翘了起来。那几个可怜的船员,这是他们给我留下的最后形象:三个人同时大叫,手脚乱蹬,撞到了白色的板壁上……

在外面,人简直无法呼吸,风太大了,我差点窒息。它好像一拳打来,击扁了我的鼻孔。我曾以为找到了对付狂风的办法:转过身去。但风已经识破我可怜的计谋,从我的耳朵里钻进来。我感到头发底下好像在大扫除,风把我所知道的一切全都连根拔起,通过另一只耳朵吹走了:我的历史课,我花了那么大的劲才记住的年代和日期,不规则的英语动词……我很快就会被全身挖空,成为一个空心人。

托马斯也跟我一样,试图保护自己,他两眼惊恐,双手捂住耳朵。

La grammaire est une chanson douce   023

这时,只听见一声长长的汽笛声:这是在命令大家赶快上救生船。

"好了,我的小让娜,要面对现实。这次,真的是完了。现在再去找救生圈已经来不及了。如果我们被冲走,你能抓住谁呢?"

我在空空的脑袋里寻找,寻求帮助。这时,出现了一个小小的单词,尚存在我身上的最后一个单词,它蜷缩在一个角落,两个小小音节,跟我一样被吓坏了:"温柔。"像爸爸终于决定像大人一样跟我说话、脸上露出害羞的微笑时那么温柔;像妈妈吻我的额头哄我睡觉时那么温柔;像托马斯在黑暗中告诉我他爱上了初二的一个女孩时那么温柔。"温柔",温和与姐妹①,这两个短短的音让我重新恢复了信心,想再活个一千年,甚至更多。

---

① 法语中的温柔(douceur)与"温和"(doux)、"姐妹"(soeur)这两个词加起来发音相同。

我大声地对托马斯说，让他跟我一样做："选一个词，你最喜欢的词！"

嘈杂声中，他肯定没听到我说什么。可恶的风暴太猛烈了，不给我们任何机会。我仅来得及对他喊道，我讨厌他，但也喜欢他。

他也愿意像我一样选一个词吗？选哪个？法拉利？足球？我从来没有问过他。我们喜欢的词都藏在心间，就像我们的鲜血的颜色。我肯定他会嘲笑我选的词：温柔。那真是女孩喜欢的一个词。

慢慢地，哦，这一缓慢的过程是多么让人不安，我们的船尾慢慢地翘向没有太阳的天空。我掉了下来，慢慢地，我再说一遍，慢慢地，似乎由于说着这个词，这个词膨胀了起来，就像某些鸟发情时胀起脖子，我用双臂搂住它，温柔，我的救生筏。

后来，那黑色的光亮熄灭了，所有的声音也一一沉寂。什么都没有了。

第 4 章

起初,有什么尖尖的东西在啄我脑门的皮肤,好像我身上有跳蚤。可自从1月份以后,我就没有跳蚤了呀!

接着,一种十分温柔的声音在有规律地抚摸我的耳鼓,好像一把扫帚疲惫地在家里的地面上扫来扫去,又像一个擦板在不懈地刨奶酪片。

最后,有股新鲜的味道钻进我的鼻孔,盐和湿土地的味道。

我在朦朦胧胧的脑袋里又加了一些东西:

活的皮肤

+ 一只活的耳朵
+ 一个活的鼻子
= 一个活的让娜

这一巨大的好消息（我在海难中幸存）之后是一阵巨大的恐怖（托马斯怎么样了）。我慢慢地、慢慢地张开眼睛。他在那儿，这个可恶的哥哥，他平静地坐在沙滩上，只顾透过长裤挠痒痒，一点都不注意风度。完全不关心妹妹的命运。风暴并没有改变他：他还是那么没用！他动着嘴唇，也许是想骂我，就像平时一样。但他什么话都说不出来，发不了声。当然，我以为他是在开玩笑。我准备以我的方式回敬他，可我也像他一样，嘴里空空。我们面面相觑，都感到很失落。刚才我们因奇迹生还而高兴不已，现在却堕入绝望的深渊。

我们哑了，风暴夺走了我们所有的词。

那就让上帝饶恕他过去和未来所做的坏事

吧！托马斯一手按着我的肩膀，另一只手指着我们的新住处：一个天堂。一个环绕着参天大树的海湾；一汪浅绿色的水，比空气还透明；远处，有片齿形的珊瑚，海浪咆哮着扑过去，却被击得粉碎。再也没有船的踪影，只有无数的鱼，有的很小，是白色的；有的要大一些，是黑色的。海水把它们推到我们面前。出现了一只鸟，然后是十只，一千只，它们欢叫着，俯冲，然后又往上飞，惊叫着，再次俯冲。我好像觉得它们嘴里的东西衔不了多久，刚一叼住它们就又吐了出来。这东西旋转着掉下来，就像一张发亮的薄纸。鸟突然消失了，就像它们突然而来一样，依然大叫着，但这次的叫充满了愤怒，至少我猜是这样的，因为我不懂它们的语言。

稍后，当白色的小鱼在我们面前搁浅时，我们才明白鸟儿为什么失望。三个塑料方块，上面分别写着一个字母：Z、N、E。肯定不会弄错。乘客们，斯卡博的冠军们整天玩的就是这玩意儿。鸟儿当然很恼火啦！它们跟斯卡博没有任何关系，不喜欢塑料。

不一会儿，一个词冲到了岸边，上面还有定义：

> ENCOMBRE(SANS)，词组，副词。1526年之前；来自sans和encombre（12世纪末）。毫无阻碍地，毫无困难地，如：毫无困难地旅行。"他刚刚毫无困难地通过了最后的考试。"（福楼拜①）

一个在绿色的水中漂浮的词，一个扁平得像水母或黄盖鲽的词。再傻也能猜出是怎么回事。风暴如此猛烈，词典里的词都掉落了，就

---

① 居斯塔夫·福楼拜（1821－1880），法国著名作家，主要作品有《包法利夫人》和《情感教育》等。

像我们一样。现在,已经空无内容的词典应该躺在海底,与它们的朋友们,也就是斯卡博的冠军们一起,永远安眠了。

大海把狂风从我们这儿夺走的东西还给了我们。几千个词,长长的一大条东西,不慌不忙地在我们面前拍打着水,发出"噼噼啪啪"的声音。只需伸出手把它们抓住。我还记得我第一把抓住的东西。

> **JUGEOTE**,名词,阴性。19 世纪中,来自 juger(判断)。俗语。判断力,常识,良知。"他一点判断力都没有!这种直觉的本领,用真正的法语来说,叫做判断力。"(乔治·杜阿梅尔[①])

和

---

① 乔治·杜阿梅尔(1884—1966),法国著名作家,法兰西学院院士。

La grammaire est une chanson douce 031

> **TAISEUR, EUSE** (……)，形容词。
> 来自拉丁文 tacere 和古法语 taisi。没有一个人说话。"沉默者纪尧姆。"

它们落在我的皮肤上,就像是一些图腾,这些黏得不牢的移印画,洗个澡就没了。

如果我有胆量,我会让自己的全身都布满这些词。它们会抚摸我,我敢肯定,以它们的方式,小心翼翼,却又有点让人不安。

但托马斯用眼角监视着我,我只好放弃这个疯狂的念头,模仿起他来。我把这些词收集起来放在掌心,尽量轻地分开手指,沥干水,然后小心地把它们放在沙滩上,让太阳把它们晒干。可此时的太阳越来越厉害,会不会把我抢救出来的小东西晒死呢?托马斯朝我笑笑(太好了,老妹,你并不总是那么笨)。为了保护它们，我们去找树叶，长长的香蕉树的树叶。

有人在我们的身后哼着小曲。我们专心干活，没有听见这声音越来越近。

我美丽的小花
我岛上的小鸟

一个慰人的、温柔的声音,有点儿凄凉,就像夏日晚上的海浪;一个脆弱得像是梦中的声音。我慢慢地、慢慢地转过身,怕吓坏它。这种声音很可能像鸟儿一样很快就会飞得无影无踪,永远不再回来。

出现了一个人,在向我们微笑:一位皮肤黝黑的先生,身体站得笔直,穿着白色的亚麻布衣服,戴着扁平的狭边草帽。他来自哪个星球?来自哪部音乐剧电影还是哪个被遗忘的狂欢节?我对黑人不是很熟悉,不懂得辨别他们的年龄。但根据他眼角的皱纹和皮肤上浅色的斑痕,我想他应该不很年轻。我往前走去,被他的鞋子迷住了。那是一双用鹿皮做的鞋子,红白双色。没有袜子的痕迹。不如像我们这样,直接踩在沙子上。他似乎在跳舞。我抬起头,刚好看见他向我伸过来的手,连忙一把握住。

"欢迎,小姐。大家都叫我亨利先生。您别

害怕,我们见惯了海难中的幸存者。这是我的侄子。我们来照顾你们……"

陪伴着他的是一个身材高大的小伙子,穿着颜色杂乱的衣服,花衬衣,黄色的喇叭裤,斜挎着吉他。年轻人没有说话,也许看得太专心了,那双绿色的大眼睛惊喜地望着什么。毫无疑问,一个俊男。

"……你们无法再说话了,是吗?没关系,经历了这么猛烈的风暴摧残之后,这很正常。我们在岸边看见你们了。你们到底干了些什么,让大海发这么大的威?那风,天哪,那真是狂风啊!你们的肩膀上还扛着脑袋,这不能不说是一个奇迹。"

我们跟跟跄跄地站起来。

"欢迎来到我们当中。稍微睡一觉,明天就好了。走吧,我带你们去看看你们的住处。"

我们将就着跟着他们走,来到了一个都是茅屋的村子里。亨利先生打开第一间屋子的门,里面有两张低矮的床在等待着我们。

"如果你们饿醒了,这个篮子里有水果、凉水和晒干的鱼。好了,别担心,我们会把狂风从你们那儿夺走的语言还给你们的。还有一些别的东西你们应该会喜欢。我们的岛屿有些神奇的本领,怎么说呢,不如说魔法。你们会让父母吃惊的。还有,下一班船要一个月以后才到。我们有的是时间……"

那个俊男在装酷,吹着口哨,不耐烦地用脚轻轻地叩着地面,眼睛望着别处。但他绿色的眼睛我看得很清楚,它们在暗中闪着光芒,不断地从我身上掠过。

我们的新朋友带上了门。阳光从百叶窗里钻进来,洒在地板上。吉他怯生生地弹起歌,很快就哄我们入睡。谁在为我们弹奏?谁深知我们在经历风暴狂乱的打击之后需要音乐?是亨利先生这个潇洒的老人,还是他绿眼珠的俊男?

第 5 章

太阳已经挂在半空。小广场上,一只狗在打哈欠,三头羊在啃一只轮胎,一只蝴蝶在一只肥胖的黑猫的鼻子底下飞来飞去。

经过那么多的嘈杂与纷乱之后,这种宁静让人目眩。

亨利先生坐在一根树桩上,抚摸着他的吉他。他的手指不时地在琴弦上滑动,响起了和昨天一样的曲子,哄我们入睡的曲子。它也许陪伴了我们一整个晚上,替我们驱赶噩梦?那种可怕的噩梦是死里逃生的人逃不过的。这些对海难者如此关怀的是什么人?他们有什么魔法?我很想知道得更多,心急如焚,忍不住动弹起来,摇摇晃晃地走了几步。

亨利先生笑了。

"看起来好多了。天已经不早,我带你们去市场。你们会明白我们这个岛上发生了什么。"

※
※ ※

辣椒串、鱼块(箭鱼、金枪鱼和梭鱼)、羊肉和别的兽肉,有眼睛、舌头、肝和棕色的大圆球(公牛的睾丸),堆得高高的白色番薯,一瓶瓶的白酒(农业朗姆酒),装生菜的碟子,夹榛子的钳子,用来疏通厕所的红色真空吸盘,羊爪(吉祥物)、晒干的蝙蝠(不祥物)、咬棒(也称柴捆,用来治疗丈夫们贪图享乐的毛病)……一大群乱七八糟的人在那里谈天说地、搬弄是非、互相对骂、哈哈大笑……地面上还有两支大军:一群孩子哭得很厉害,喊着"妈妈";还有一群是狗,嘴张得大大的,流着口水,那是真正的活的垃圾袋,什么东西掉下来它们都去叼,然后跑到太阳底下,若有所思地慢慢嚼着。

到了小路的尽头,气氛就变了:圆形的转盘四周有四家狭窄的商店,好像是一个微型村落的广场……顾客们都一边低声说着什么,一边过去。他们不安地左顾右盼,好像要隐藏什么秘密。

"我来向你们介绍我们的词语市场,"亨利先生说,"我就是在这里买的东西。你们可以在这里找到或重新找到你们所需的一切。"

他走向第一家商店,一块长条标语布悬挂着,上面写着:

> **诗人与歌曲之友**

这位商人是个滑稽的朋友,一个瘦瘦的巨人,好像还没睡醒,没有招呼我们买任何东

西。他只有一本卷了边的书。架子上没有别的东西。恭维了他一番,然后习惯性地跟他拥抱了一下之后,亨利先生下了订单:

"我最近的副歌很让我头疼,你有跟'温柔'同韵的韵脚,还有跟'妈妈'同韵的韵脚吗?"

他们在做生意时,我蹓到左边的一家店铺里。

> **爱情词语商店**
> 离异者价格优惠

正好,有位妇人在泪水汪汪地哀求:

"我丈夫粗暴地离开了我。我想要个词,让他明白我的痛苦,一个可怕的词,能让他感到羞愧的词。"

售货员是个年轻人,也许是个学徒,他脸红了。"很快,很快,"说着,他埋首在一本旧书中,发疯似的翻阅起来,"我有您需要的词,稍微等一下。找到了,您可以选择:苦痛……"

"这个词不好听。"

"萎靡……"

"好像是个药名。"

"失望。"

"好,就是它了,我喜欢这个。失望,我充满了失望!"

她往售货员手里塞了一块钱,精神抖擞地走了,胳膊下夹着那个新词,失望,失望……她并不孤独,她已经找到了可以说话的人。

下一个客人是个老头,至少有40岁了。在这个年龄,我不相信还能老想着爱情。

"是这样,我太太再也忍受不了我说'我爱你'了。'20年了,你可以换一换了。想句别的话,'她对我说,'否则我就走。'"

"容易得很,您对她说:'我的耳朵里有跳蚤。'①"

"让她以为我很脏?"

"我戴上了你。"

"什么意思?"

---

① 引申义为"焦虑不安"、"提心吊胆"。

"我对你的思念像一顶过大的帽子一样盖在我的头上,我戴上了你,所以除了你,我看不见别的东西……"

"我试试吧。如果不行,我回来退货。"

我们想一直待到天黑。排队等待的顾客越来越多,托马斯像我一样伸长耳朵。"我要把舌头伸到她嘴里。""我们玩'双背兽'①。"他双眼发光,好像明白了一些事情。他在进行储存,一回去就可以跟她们说话了,跟那些女孩,她们肯定会感到惊讶。一般时间以来,他就想办法勾引高大女孩,对他来说过于高大的女孩。

其他店铺也一样,人群拥挤。我很想进这家店看一看:

---

① "把舌头伸到某人嘴里",俗语,意为"接吻";"双背兽",意为"性交"。

> **迪厄多内**
>
> 植物与鱼类
>
> 职业命名者

或去神秘的

> **玛丽·路易丝**
>
> 懂四门语言的词源学家

看到我惊讶的样子,亨利先生解释道:

"词源学讲的是词语的来源。比如,Enfer(地狱)这个词来自拉丁文 infernus(下方),某种处于下面的东西。好了,岛上还有很多地方要带您去看。现在,您知道地址了。想来的时候可以再来。"

他已经在训练我们了。我刚好听见卖给某人一大串骂人的话,那个人再也无法忍受自己

的老板了:"看着那个洞"、"吃屎的嘴"、"睾丸矮人"……我想,这些都非常适合骂我哥,比我习惯的小骂"笨蛋"、"白痴"、"窝囊废"有效多了。

我真想侮辱他。我刚刚学会 agonir 这个词,意思是"诅咒",它来自 honnir(讨厌)。诅咒他,让他行将灭亡,我那个可爱又可恨的哥哥;诅咒他,让他在我一开口时,就跪在我双脚跟前求饶。

从那个时候起,我觉得之前的生活让我脸红。海难之前的生活,一种贫乏的生活,可以说是无声无息的存在。遇到风暴之前我能使用多少个词语?两百,三百,总是同一些词……现在,相信我吧,我会丰富自己,我回来的时候会带来一座金山。

第 6 章

下午,我们乘木船出发。

幸亏,大海风平浪静,那位俊男的绿眼睛,透过他女孩般长长的睫毛,一刻也没离开过我。没有它,我会害怕得要死。我动不动就回想起那骇人的巨浪。我们不幸的船只头朝下沉入了海底,这一幕怎能忘记得了?

可是现在,海水光滑透明,就像一块玻璃。只要弯下腰就能跟上鱼儿们平静的舞蹈:鱼儿有紫色的,有红杠黄身的,有扁平如手的,有圆如气球的,真是色彩斑斓的庆典。但尽管景色美丽,忧伤依然没有离开我。我忍不住想起了我们的旧旅伴,掌握了很多带 Z 和 W

的词语冠军。怎样才能让那些淹死的人重新浮上来，自由地呼吸空气呢？

另一批阴郁的思想徘徊在我的身边，像黄蜂一样，在等待合适的机会来刺我。我们上船的时候，我偷听到一场谈话，我的那个俊男和他的亨利叔叔在小声说话：

"已经好久没有看到他们了。"

"是的，这让我非常吃惊。通常，海难的第二天，他们就会来盯梢。"

"希望他们不要为难我们的朋友们。"

"那位可怜而可爱的小姐！我很难想象她被关起来……"

他们在说谁？谁想把我关起来？

我也跟陪伴我们的人一样，瞭望着天际。我的敌人会来自何方？

幸亏，我们的航程只持续了一刻钟，没有人来打搅我们。

※
※ ※

这个小岛被晒焦了,就像一个在炉子里放了太久的"三王来朝"饼①。那里完全没有植物和活物,也没有建筑。要比荒凉,绝对是世界冠军,在"吉尼斯纪录大全"("无"那一节)上无法打破。一个褐色的岩石高坡,被洗得干干净净,擦得光光滑滑……这就是我们下船的那个迷人之处。

选这么一个地方来远足,太滑稽了!亨利先生很快就告诉我们为什么来这里。

"你们知道为什么沙漠会扩大,在我们这个地球上几乎到处如此?……这一可怕的沙漠大军,闭上眼睛就可以看见它正在朝我们前进。

---

① 据《圣经》,小基督出生后,有三位从东方来的客人知道救世主降生,便去朝拜圣母圣子,献上带去的羊羔美酒等礼物。欧洲的一些国家现在还过"三王来朝"节,吃"三王来朝"饼。

你们听说过全球变暖，森林遭到破坏……这也许是真的。但人们忘了最重要的一点，在这里，两百年前，曾有两个村庄，人们生活幸福，应有尽有，植物、茅屋、淡水、女人、男人、孩子和动物……"

可我不相信。

这里竟然曾有人住过！在这荒芜的方寸之地？好吧！我强迫自己的大脑开动想象的机器，可遭到了拒绝，它感到不满，把我当作一个疯子。

"……一天，来了一场暴风雨，跟把你们刮到这个岛上来的那场一样猛烈。当然，树木连根拔起，房子被吹走，但其他东西依然在。只需重新建设，生活会像以前那样照常，直到下一场风暴来临。"

一段时间以来，我看见海上有些三角形的东西，黑乎乎的，越来越多。它们围绕着我们转啊转，就像跳圆舞似的。我没有马上明白那是鲨鱼。也许那些鱼类不仅吃鲜肉,也吃悲惨的故事?亨利先生所说的故事一点都不开心。

"这里的居民像你们一样,所有的词语都被清空了。但他们到我们那儿,不是为了重新学习,而是以为可以在沉默中生活。他们没有什么要说的。设想一下如果你们是物而不是人,是青草、香蕉和羊……由于从来没有人叫它们,它们很伤心,越来越瘦,结果死掉了。由于不受关注而死亡,由于缺乏爱,一个个死去。选择了沉默的男男女女,后来也死了,被太阳晒干,很快就只剩下一层皮,薄薄的,褐色的,就像一张包装纸,风一来就被吹走了。"

亨利先生沉默了,泪水冒了出来。也许,他的爷爷、奶奶也在被晒干的人里面?他带我们回到了木船。故事讲完之后,鲨鱼也消失了。

"你们知道,每年有多少语言消失吗?"

既没有词语,更没有数字,我们怎么能回

答他呢？我得提醒你们，自从受到暴风的颠簸和狂风的袭击，我们可怜的头脑一个句子都创造不出来了！我们仅懂得别人跟我们说的话。

"25种！每年有25种文字消失！它们之所以死亡，是因为没有讲它们。这些语言所指的那些东西也随之灭亡。这就是沙漠渐渐侵袭我们的原因。愿听者，自得利。词语是生命的小马达，我们得呵护它们。"

他用眼睛盯着我们，一一地盯着我和托马斯。他现在不再和言悦色了，变得非常严肃。他嘀咕着自言自语，一只手扶着舷外发动机，另一只手数着每年减少25种，到了2100年，世界上将只剩下5000多种活语言，仅一半多一点。以后呢？

夜幕降临，他的怒气也渐渐地消了。好像黑暗与音乐是亨利先生真正的家，在那里，他可以自由地生活，不用害怕任何危险。

一回到沙滩，他就让我们去收拾木船，自

己去稍高一点的地方,森林边缘,与一个乐队会合了。

  我则躺在沙滩上,有礼貌地跟星星打着招呼,慢慢地睡着了。

第 7 章

通常，我不喜欢老太太，没有比她们更虚伪的人了。当家长们看着她们的时候，她们对我们这些孩子和颜悦色，温柔有加；但家长们一转过身，她们就拿我们的青春出气，用巫婆那样干瘦的手指拧我们，用织毛线的针刺我们，或者——这是最痛苦的了，动不动就拥抱我们，以惩罚我们的身体。谁让我们的身体闻起来那么香、皮肤那么嫩呢？

可那天介绍给我的那位老太太，我一眼看去就喜欢上她了。

✻
✻ ✻

一间小屋，与沙滩边上的几百间小屋没什么区别，普普通通，白色，只有一层，两个窗，还有一个用来观赏远景的阳台。门上挂着一块牌子：

> 进门不用敲
>
> 但需
>
> 等词语命名结束。
>
> 谢谢！

有人在低语，与其说是在讲话，不如说是一些轻轻的声音，就像一只病了的麻雀在吱吱地叫，又像是教堂里的祈祷声。我后来得知，这确实是一种祈祷。

亨利先生推开门。一个人都没有。我们穿

过客厅，里面放满了肚子里塞了干草的动物，已经被虫蛀了；还有一些被撕破的书。这个岛上的人是否太喜欢小说了，以至于要把它们吞掉？除此以外，就没有任何别的东西了。只有那个低语声在引导着我们。还有一扇门，通往一个花园，一块小小的方地，种着三棵棕榈树，一张圆桌，铺着齿形的花边桌布，上面放在一本翻开的厚词典。

椅子上，坐在一个老人，穿着一件节日的白色长裙。那把椅子，椅背很高很高，就是在城堡里常见的那种。我从来没有见过那么老的人，要知道，她脸上的皱纹不是一般的皱纹，而是皮肤都皲裂了，沟壑纵横，刀刻一般，真像是岩石；她的眼睛消失在不像是真的褶皱中，嘴看起来就像一个空洞。此外，她还有一头雪白的长发，像是白色母狮的长毛。我无法想象需要多少年才能在皮肤上雕刻出这样的沟痕，洗多少遍才能把头发洗得这样白。

一台风扇守护着这个老古董。它就像一只狗,但只有一只眼睛,大大的眼珠盯着主人,一有命令就会嚎叫起来。

"荨麻疹。"

老古董吟唱出这三个字来。我从来没有听到过这么温柔的声音,柔情里带有一点羞意,她像恋爱中的女人那样,把这几个字说了出来。也许正因为如此,她才选了一件婚纱。为什么从来没有人这样说出我的名字呢?

按照门口的牌子上的要求,我们一直等到"词语命名结束"。

"荨麻疹。"

显然,我对这三个字的意义毫无概念,但我很快就明白了。

小花园里,出现了一只玫瑰色的手,放在桌上的齿形花边桌布上。手上,有个红色的水泡慢慢变大。

"就是它。"亨利先生轻声地说。他趴在词典上,读着上面的解释:小小的红色水泡,炎热的夏天会出现在皮肤上。

寂静中,7分钟过去了,只听见远处的鸟鸣和海水在沙滩上来来回回的声音。后来,手和水泡都消失了,那个词留下了,三个耀眼的音节像蝴蝶一样在空中翻飞。但很快,它也消失了,拍打着翅膀,好像在说:谢谢,谢谢说出我的名字。世界上最老的那个老太太朝我转过身来。不知道她是否真的看到了我们。我刚才说过,在她脸上,眼睛通常所在的地方,只有几条皱纹。

风扇并不怎么喜欢我的到来。它像一只称职的看门狗,低声咆哮着,感到很痛苦。可以感觉到,为了保护主人,它随时都会向来访者扑来,把他撕成碎片。

幸亏,它产生的风翻动了厚厚的词典。那个给词语命名的老太太,不再理睬我们,而是以同样温柔、动情、充满了爱的声音,慢慢地说出了另一个词的三个音:

"海胆类。"

一个海胆家族马上就出现在花园的草坪上。

"你们明白她的工作方式了吗?"亨利先生对我们耳语道,"她给一些罕见的词以新的生命。没有她,那些词将永远被人遗忘。"

这种词语复活场景把我们迷住了,我们在那个小花园里待了很久。"放电器"是什么意思?一种由两个金属零件组成的工具,金属零件之间会发出闪光。"葡萄根叶虫"是什么意思?某种鞘翅目昆虫,栖息在老鼠簕属植物的长长的叶子上,突然感到饿了,便在上面咬出一些字母形状的小洞……

那些走出遗忘的词语是多么高兴啊!它们伸着懒腰,抖动身体,有的应该已经几百年没有见到天日了。

"象牙书"是什么东西?一本用象牙制成书页的书;"玻璃钳"是什么意思?玻璃工用的钳

子，用来夹玻璃溶液中的钵。

夜幕降临了，我们踮着脚尖，离开了那位年老的朋友。

"亲爱的命名者！（亨利先生的眼里出现了孩子提起妈妈时的那种柔情）但愿她能活到一千岁！我们太需要她了！必须保护她，不让她受到内克罗尔的伤害。"

看到我一副忧虑的样子（那个内克罗尔会是一个什么样的人呢？），他按住我的肩膀，把我当作一个大人，谈起政治来：

"内克罗尔是这个岛上的总督，他要恢复半岛的秩序，不能忍受我们对词语的爱好。有一天，我遇到了他，他是这么对我说的：'所有的词语都是工具，千真万确。交流的工具。就像汽车一样。技术工具，有用的工具。所以，把它们当作神灵一样来敬仰是愚蠢的！你能敬佩一把锤子或一把钳子吗？再说，词语的数量太多了。不管你们愿不愿意，我要把它们减少到五百个，六百个，严格按需来办。词语太多，就不想干活了。你看到那些岛民了：他们一心想着说话唱歌。看着吧，这种情况将得到改变……'他不时地派直升机来，带着火焰喷射器，烧毁图书馆……"

我浑身发抖。这才是威胁我们的大敌！由于愤怒，亨利先生的手指紧紧地抓住我的脖子，越抓越紧。我忍住不喊，尽管感到有些疼痛。

"别误会，内克罗尔并非一个人。许多人的想法跟他一样，尤其是生意人、银行家、经济学家。语言的丰富性妨碍了他们的经营：他们不愿意付钱请翻译。这倒是真的，如果生活归结为生意、金钱、买卖，那些罕见的词语确实没有太大的必要。不过你别担心，一段时间以来，人们已经知道如何自我保护了。"

我们在岛上的第三天就这样结束了。我因

此养成了习惯,做一个小小的仪式,它给我带来的永远只有幸福:每个星期天晚上,临睡之前,翻几分钟词典,选一个陌生的词语(我大有选择的余地:想到有那么多词我都不认识,我就羞愧难当),充满感情地大声念出来。于是——我向你们发誓,我的灯将离开它通常所待的桌子,将照亮世界上某个未知区域。

第 8 章

半夜里,一个抽泣声把我惊醒。这种抽泣声,我非常熟悉。一个圆球似的东西,长在我的喉咙里,就在扁桃体下面,后来,一个屠夫般的外科医生把它摘掉了。当我太孤独、没人陪我的时候,这个圆球就会回来。你我之间,我希望还有另一人陪我。但我们并不总是能够自己选择朋友,而有朋友总比孤独好。

我在床上坐起来。如果我继续躺着,那个抽泣声会让我喘不过气来。

"我要不要试试?"

给词语命名的女人的模样一直萦绕在我的脑海。我是否也有这种召之即来的本领?我不敢说。心怦怦直跳，双手发抖，我叫了一声"妈妈"，很轻很轻，怕打搅好不容易才睡着的托马斯。

一秒钟后，她出现了，站在我的旁边，我的真妈妈。她一头金发，身上散发着香皂的味道，笑得像小女孩一样甜蜜，眯着眼睛，伸出一只手，随时准备抚摸我的脸。

我们四目对视，相对无言，感到很心酸。最后是我先开口，但我讲不出话来。我还没有找回自己的词语，还没有从风暴中恢复过来。

妈妈在月光下待了很短的时间。我一只眼睛看着我的荧光表，另一只眼睛看着我母亲。持续的时间太短了，只有7分钟。

她走了，晃晃指头，再见！带走了抽泣声。妈妈就是这样，总是把我的抽泣声带走。我希望她不要把它留给自己。将来，我要发明一些装抽泣声的垃圾袋，可以把它们扔到阴沟里，让老鼠吃掉它们。据说，老鼠什么都吃。我们将感到更加轻松。慢慢地，我睡着了。

第9章

"别打搅她!"

熟睡当中,我听见这个声音已经好久。这低语声越来越狂怒。"滚!""你明明看见她已经睡了。"伴随着小翅膀的拍打声和轻轻的嗡嗡声,就像蚊子叮人之前的那种叫声。

我慢慢地睁开眼睛。三十来个词在向我进攻:"抗原决定区"、"向日葵"、"马斯塔巴"①,还有很多别的,我今天都已经忘了。

俊男使劲扇着扇子,不让那群东西靠近。

---

① 马斯塔巴,古埃及墓葬建筑的类型之一。

"真蠢!你们以为把她吵醒就能吸引她了?"

这话好亲切,我很清楚它们想干什么。可我能做什么呢?我既没有那位年迈朋友的志向,也没有她的耐心,整天来给词语命名。我的职业,在我这个年龄,就是一天二十四个小时玩耍、游泳、享受,而不是轻声细语地读音节。我突然站了起来,吓得进攻者们一大跳。这些词明白了,纠缠我只能是浪费时间,于是到别的地方去求救了。

亨利先生在门口看见了这一幕,笑得比往常更开心。托马斯也跟我一样,遭到了那些词语多情的进攻。只是,他比较暴力,抡起长枕头四下挥舞,很快就把来访者赶走了。

"哎,告诉我,二位,我们的朋友好像选中了你们!你们没有遭受太大的入侵吧?"

说实话,我不喜欢整理房间,却愿意稍微理一理思路。词语堆得到处都是,在我的头发底下,脑袋和眼睛后面。我感到它们在碰运气,胡乱地聚集在我脑中的角落里。我感到自己又头痛了……

况且,亨利先生又让吉他发出了一些恐怖的声音,随意发出的声音,真的非常杂乱。不和谐的声音进入我的耳朵,钻着我的耳膜。他发了什么疯,要这样来折磨我们?

"你们看,词语,就像是音符。仅仅把它们聚拢起来是不够的。没有规则,就不和谐,就谈不上音乐,只能是一些噪音。音乐需要乐理,就像语言需要语法一样。你们还记得一点语法吗?"

惨了!

我想起了可怕的动词变位,折磨人的练习,可怕的过去分词搭配……

托马斯的样子比我还难看。

"我们打个赌好吗?"亨利先生又说,"如果一个星期后,你们还不爱上语法,我就砸烂我的吉他。"

我们客气地朝他笑笑,不想惹他不高兴。他似乎深信不疑。可要让我们爱上语法,没那么简单。可怜的吉他!我们一旦赢了,就要请求它原谅了。

俊男牵着四匹马,已经在外面等我们了。

"名词之城离这里有9公里。谁第一个到达我奖他一首歌。"

我们策马狂奔起来。我想,那两个男人是故意让托马斯赢的。

第 10 章

我们来到了山顶,等待我们的是最奇特最快乐的景象。

"从现在开始,不准发出任何声响,"亨利先生轻声地说,"不许打扰它们。"

我在想,我们这般小心,是为了什么大人物。是正在拥抱秘密恋人的公主?还是正在拍片的电影明星?我很快就有了答案,简单得很,但十分出乎意料。我们蹑手蹑脚地靠近一个扶手栏杆,木头已旧,摇摇晃晃。在我们的脚底下,伸展着一个城市,一个真正的城市,有马路,有房屋,有商店,有旅馆,有市政厅,有带钟楼的尖顶教堂,有阿拉伯式样的宫殿，旁边有座塔（是清真寺吗？），有医院，有消防队……各方面都跟我们的城市很像。只有三点不同：

1. 尺寸：所有的建筑都比正常的尺寸小一半。好像是一个模型，一个布景……

2. 沉默：通常，城市都非常嘈杂：汽车、轻便摩托车、各种马达、抽水马桶、骂人的声音，人行道上的脚步声……那里，什么声音都没有。只有很轻很轻的窸窣声，难以察觉的沙沙声。

3. 居民：没有男人，也没有女人，甚至连孩子也没一个。只有词语在马路上行走。无数的词语，在阳光下神采奕奕。它们就像在自己家里散步一样，不慌不忙地在空中伸展着自己的音节往前走。有的很严肃，显然意识到自己的重要性，喜欢秩序和直线（"宪法"、手挽着手的"尿样分析"、"汽化器"）。它们看到红灯就会停下，哪怕没有汽车经过。没有什么比看到这一幕更有意思的了。另一些就随意多了，不受束缚，乱跳、乱转、乱跑，既像发疯的小型马，又像醉了的蝴蝶："乐趣"、"胸罩"、"橄榄油"……我出神地看着它们跳啊、飞啊。我以前没有足够地关注过词语。我从来没

有想过,词语也跟我们一样,每个都有自己的
特点。

　　亨利先生搂住我和托马斯的肩膀,悄悄地
告诉了我们关于这个城市的故事。
　　"有个晴朗的日子,词语在我们的岛上进行
了反抗。那是很久以前的事了,在世纪之初,
我刚刚出生。一天上午,词语们不想再继续过
它们奴隶般的生活,不愿再毫无尊严地被人唤
来唤去,不分时间地点,用完以后便不再理
睬。它们不能再容忍人类的嘴。我敢肯定,你
们从来没有想到过词语的痛苦。词语在被说出
来之前在哪酝酿的呢?好好想想。在嘴里。在
蛀牙和以前卡在齿缝里的牛肉残渣中,被口臭
熏,被黏糊糊的舌头搅来搅去,淹没在酸性的
唾液里。你们愿意生活在嘴里吗?所以,那天
上午,词语们都逃跑了。它们找到了一个藏身
地,一个远离讨厌的嘴、只有它们自己存在的

地方。它们来到了这里,一个原先的矿城,后来因为金都被淘光了,便成了一座弃城。它们在这里安顿了下来。就这样。现在,你们什么都知道了。我先走一步,晚上再见。我要把歌写完。如果你们愿意,你们也可以去看看那些词语,它们不会伤害你们的。但千万不要进它们的家。它们会自卫,刺起来比黄蜂还疼,咬起来比蛇还毒。"

我想,你们也跟我到岛上之前一样,只认识被囚禁的词,忧伤的词,尽管它们装作欢笑的样子。所以,我得对你们说:当词语能随意地自己安排时间,而不是为我们服务,它们的生活就很快乐。它们会整天打扮、化妆和结婚。

站在山顶,我起初什么都没看懂。词语太

多了,我只看到一大团乱糟糟的东西。我迷失在这群东西里,过了一段时间,才能慢慢地辨认出组成词语这个民族的主要群落。因为词语也像人类一样,根据群落聚居。每个群落都有自己的职业。

首要任务,是指明事物。你们参观过植物园吧?在那些罕见的植物前面,人们会插上一块小牌,一个标签。所以,词语的首要任务是:给世界上所有的东西一个标签,以便大家能认出它们来。这是最难的职业,事物太多了,而且有的事物非常复杂,有的事物在不断地变化!但还是得给每种事物找到标签。负责从事这一可怕职业的词叫做"名词",名词部落是最重要的部落,也是数量最多的部落。有男人的名字,所以要有阳性名词;有女人的名字,所以要有阴性名词。有的名词是给人类作标签的,叫做名字,比如让娜不是托马斯(幸亏);有的名词给看得见的东西做标签,有的名词给看不见但实际上存在的东西做标签,比如感情:愤怒、爱情、忧伤……现在你们明白了,为什么在城里,在我们的山脚下,名词那么多。词语的其他部落要进行斗争才能有一席之地。

例如,冠词是个很小的部落,其作用很简单,而且用处不大,这一点我们要承认。冠词总是走到名词的前面,挥动着一个小铃铛:注意了,跟在我后面的名词是阳性的;注意了,这是个阴性名词!老虎是阳性的,奶牛是阴性的。

名词和冠词从早到晚总是在一起散步,它们最喜欢做的事情,就是寻找服装或者化妆。好像它们总觉得自己一丝不挂,浑身赤裸地走到大街上。也许是它们冷,即使是在太阳底下。于是,它们总是去逛商店。

那些商店是形容词部落开的。

我们观察一下那个场景,不要出声(否

则,词语会感到害怕,四处逃散的,很久以后才能见到它们)。

阴性名词"房屋"推开了门,走在她前面的是冠词LA,给她摇铃铛开路的冠词。

"你好,我觉得自己有点太单薄,想加点衣服。"

"我们的货架上有您所需的一切。"好生意来了,老板已经高兴得摩拳擦掌了。

名词"房屋"便开始试衣。不知道该怎么办,太难决定了!这个形容词好呢,还是另一个形容词好?房屋犹豫不决,选择的余地太大了。"蓝色的"房子,"高高的"房子,"加固的"房子,"阿尔萨斯①的"房子,"祖先的"房子,还是"鲜花盛开的"房子?形容词们纷纷围着房屋这个客户转,极尽谄媚之能事,希望自己能被选中。

---

① 阿尔萨斯,法国东部地名。

滑稽地跳了两小时的舞后,房屋带着它最喜欢的形容词出来了:"鬼魂出没的"。她对自己购买的东西非常满意,不断地对给她当跟班的冠词说:

"'鬼魂出没的',你想想,我那么喜欢幽灵,以后再也不会孤独了。'房屋'很普通,'房屋'加'鬼魂出没的'呢?你明白了吗?以后,我就是城里最有趣的建筑,我要吓吓孩子们。啊,我太高兴了!"

"等等,"形容词打断它的话,"你做事也太心急了一点，我们还没配合呢！"

"配合，这是什么意思？"

"去市政厅。去了你就知道了。"

"去市政厅！你不会是想跟我结婚吧？"

"这是必须的，既然你选定了我。"

"我在想我的选择是不是正确，你不会是一个黏乎乎的形容词吧？"

"所有的形容词都很黏，这是它们的本性之一。"

※
※ ※

托马斯在我身边看着这一幕，他也觉得很有趣。时间过得很快，我们都忘了吃饭。眼前的景象太有意思了，让胃都不敢出声。这时，市政厅门前已经骚动起来。举行婚礼的时刻到了，我们无论如何都不愿意错过这个机会。

第 11 章

说真的,那些婚礼非常滑稽。

不如说是友谊吧!就像以前男女没有混读时的学校。在词语的王国里,男的跟男的在一起,女的跟女的在一起。

冠词从一扇门进去,形容词从另一扇门进去,名词最后才进。然后,三者都消失了。市政厅的屋顶挡住了我们的视线。如能看到婚礼,我愿付出一切。我想市长应该正在提醒他们有什么权利和义务,从此以后它们就生死与共,不管发生什么天灾人祸。

它们手拉着手出来了,都配合好了,要么都是阳性,要么都是阴性:le château enchanté

（迷人的城堡）、la maison hantée（鬼魂出没的屋子）①……也许，市长在里面放置了一台自动分配机，形容词词尾加个 e 才能与阴性名词结婚②。没有比形容词的性更温柔、更听话的了，它可以根据客人的情况随意变化。

当然，在形容词部落里，也有些不太守纪律，无法对它们进行修改。它们一出生就以 e 结尾。这些词参加婚礼时手都插在口袋里。比如说，magique（"有魔法的"），这个狡猾的词已经准备好行动。我看见它两次进入市政厅，第一次是跟"石板"，第二次是跟"音乐家"。一块"有魔法的"石板（阴性），一个"有魔法的"音乐家（阳性）。"有魔法的"出来时神气活现。根据规则配合，但本身一点都不变化。它转身看着我所在的山峰，好像在朝我眨

---

① 法语中，le 为阳性冠词，la 为阴性冠词。
② 根据法语语法的一般规则，阳性形容词词尾加 e 即变成阴性形容词。

眼睛：你看，让娜，我没有退却。我们可以是形容词，同时又保持自己的身份。

迷人的形容词，不可或缺的助手！如果没有形容词送给它们的礼物，给它们加点辣椒：颜色、细节……名词会是多么郁闷啊！

然而，形容词受到了多大的虐待啊！

让我告诉你们一个秘密吧：形容词非常多愁善感，它们以为自己的婚礼能持续到永远……这是太不了解名词的本性了。名词就像是真正的男孩，天生就不忠诚，它们不断地更换形容词，就像换鞋一样。刚刚配好，它们就抛弃了形容词，回到商店去寻找另一个形容词，然后，毫不难为情地来到市政厅，重新结婚。

比如说，"房屋"不能再忍受它的幽灵们了，突然喜欢上了形容词"有历史的"。"有历史的房屋"，好听吗？但选择"皇家的"、"皇室的"也可以啊！于是，"鬼魂出没的"这个可怜的形容词便孤孤单单地在大街上流浪了，心里痛苦不堪，哀求别的名词收留它。"谁都不要我？我会给选择我的名词增添神秘色彩：一座森林。还有什么比一座没有形容词的森林更乏味的呢？加上'鬼魂出没的'，任何一座森林都会变得不同凡响……"

唉，可怜的"鬼魂出没的"，名词们从它身边经过时，都不看它一眼。

看到那些被抛弃的形容词，真让人心里难受。

托马斯乐坏了。自从我认识他以来，他就没必要说话，我能看出他脑袋里在想什么，就像看一本翻开的书那样一目了然。我知道他在想什么，下流的想法，男孩典型的想法："这座城市真是天堂！如果我没理解错，这里的婚礼是这样的：到商店里去找个女孩，去市政厅庆贺。第二天，换个女孩，又去市政厅。"

我差点被他气哭，讨厌死他了。

另一个场景让我感到了安慰。一小群词语聚集在"例外办公室"的门口。将来哪天，我会跟你们讲讲那个办公室的故事，我得写一大本书。这样向你们承认吧，我喜欢例外。它们就跟猫一样，不遵守任何规则，想干什么就干什么。那天上午，它们共有三个：一只虱子、一只猫头鹰和一个膝盖。它们在嘲笑向它们推销 S 的商人：

"我的 S 黏性很好，你们只需把它贴在屁股上就可以变成复数了。复数总要比单数高一个等级。"

三个朋友发出冷笑：

"加 S？像所有的名词那样？不干！我们喜欢 X。是的，X，就像 18 岁以下的人不能看的色情片一样。"①

那个商人羞得脸红耳赤地溜走了。

---

① 法国电影分三个等级:禁止不满12岁儿童观看的影片,禁止不满16岁青少年观看的影片和禁止不满18岁人士观看的X级影片。此外,还有TP级,即所有人都可以观看的影片。

第 12 章

"哎,你们好像说过痛恨语法。"

我们一心在看词语,没有听见亨利先生回来。我们现在对他更加熟悉了,他似乎总是开开心心的(微笑是他表示礼貌的方式),但今晚,他是真开心。他应该找到了为他的歌所寻找的韵脚。

"让人激动,不是吗?我常常到这里来看它们生活。我喜欢陪伴词语。对了,我敢肯定你们还没有发现装腔作势的部落。是的,装腔作势!我们把声音放轻点,词语的耳朵非常灵。你们看那群词语,那边,坐在路灯边的长凳上:'我'、'你'、'这'、'这人'、'他们'。你看见他们了?很容易辨认,它们不跟别的群落混,总是自己人在一起。这就是代词部落。"

亨利先生说得对。代词打量别的词语时,一副蔑视的样子。

"它们被赋予了很重要的角色:在某种情况下可以代替名词。比如,我们不会说:'让娜和托马斯遭遇海难,让娜和托马斯来到一个小岛,让娜和托马斯在重新学习说话……'我们不会没完没了地重复'让娜和托马斯',而是使用'他们'。"

他正说着,一个代词,"这些人"从长凳上站起来,扑向一个复数名词"足球运动员们",这个名词正不慌不忙地跟着它的冠词往前走。眨眼间,"足球运动员们"就消失了,好像被"这些人"吞掉了。再也没有"足球运动员们"的踪影,"这些人"已经取代了它。我简直不敢相信自己的眼睛。

"你们看见了,代词不单是自负,有时还会

很暴力。在等待替代名词的时候,它会失去耐心。"

看到我们惊讶的样子,亨利先生感到很开心:

"你们觉得会怎么样?别相信它们温柔、礼貌、充满诗意的外表。词语之间经常打架,甚至会像人类那样谋杀。"

他在继续观察:

"瞧,单身汉好像在找未婚妻过夜!"

那个部落,我们也同样没能把它分辨出来,而它却是唯一对市政厅不感兴趣的部落。显然,婚礼与它无关。它只要一夜情。亨利先生肯定了我的感觉。

"啊,那是副词!它们确实是不会变化的。没办法跟它们配合。女性怎么追它们都没用,不会有任何结果。"

我发觉自己笑了。风暴带来的大混乱慢慢地在我头脑中消散了。名词、冠词、形容词、代词、副词……我以前认识的这些形式的词慢慢地摆脱了迷雾。我现在知道了,永远地知道了,词语是有生命的,按部落聚集在一起。它们值得我们尊重,如果我们给它们自由,它们的想象会更奇特更灿烂,它们的生活会跟我们的生活一样丰富。它们也需要爱情,也隐藏着同样多的暴力。

托马斯对语法已经厌烦了,他像被催眠了一般,盯着俊男的手指,那双手在吉他的琴弦上灵活地拨动,就像猫一样轻巧。

"你好像对音乐比对语言更感兴趣。哪天,我带你去另一个城市,在那里,音符们独自生活在一起,就像词语在这里一样。你会听到许多不可思议的故事!"

看到我哥哥的眼里闪耀着光芒(好像两块炭火快要从他的眼眶里喷出来),俊男便把吉他塞到他怀里:

"如果你决定学音乐,那就终生与它为伴,

永远不能抛弃它。"

我哥哥点点头。我从来没见他这么严肃过。他能这样对她说"我愿意"的那个女人还没出生呢!

"很好,那就伸出你的左手。"

这时,我听见了亨利先生的声音:

"我想,最好还是让技艺高超的人都待在一起。别担心,让娜,交换过程中你不会吃亏的。悄悄地跟着我。词语像我们一样,到了晚上,就害怕得要死,一怀疑有什么声音,就逃得无影无踪。"

第 13 章

词语们都睡了。

它们趴在树枝上,一动不动。我们在沙子上轻轻地走着,怕吵醒它们。我傻傻地拉长耳朵:我太想抓住它们的梦了。我渴望知道词语们的头脑里在想什么。当然,我什么都听不见。除了山后面海浪巨大的轰鸣声。以及一丝清风。也许,在地球这个星球上,只有轻风还在夜里前行。

我们来到一栋被一个颤抖的红十字照得影影绰绰的大楼前。

"这是医院。"亨利先生轻声地说。

我心里一颤。医院?词语的医院?我真

的不敢相信。我感到了羞耻。什么东西在对我说，我们，我们人类要对它们的痛苦负责。就像美洲的那些印第安人，死于欧洲征服者带来的疾病。

词语的医院里，没有接待处，也没有护士。走廊里空空荡荡的，只有夜明灯蓝色的微光指引着我们。尽管我们非常小心，但鞋底还是在地面发出了声响。

作为回答，我们听见了一个很弱的声音。响了两声。一种十分温柔的呻吟。是从一扇门底下传来的，就像悄悄地塞进来的一封信，怕打搅别人。

亨利先生匆匆扫了我一眼，决定进去。

那个很出名，甚至太出名的短句就在那儿，一动不动地躺在床上。

我
爱
你

三个又瘦又苍白的字,如此苍白,在白色的床单上几乎都看不清。三个字都由一条塑料管连接到一个装满液体的广口瓶子里。

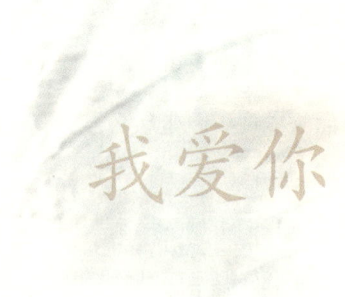

我觉得那个短句在向我们微笑。

它似乎在对我们说:

"我有点累了,好像工作得太多了,得休息一下。"

"喂,'我爱你',"亨利先生回答道,"我认识你。你在这里已经有一段时间了。你很结实,休息几天你就可以下地了。"

他用这些欺骗病人的话久久地安慰它,并在它的额头上敷了一块饱含凉水的浴用毛巾。

"晚上有点难过。白天嘛,其他词语会来陪我。"

"有点累","有点难过"。"我爱你"没有抱怨得太厉害,它在每个句子后面都加了个"有点"。

"别再说话了,好好休息。你给了我们那么多,好好恢复体力,我们太需要你了。"

亨利在它耳边轻轻地哼起了他最动人的副歌:

母鹿遭到追猎

林中藏着恶狼

哦,哦,哦

勇敢的骑士经过

一把抱起母鹿

哈,哈,哈

"走吧,让娜。它睡着了,我们明天再来。"

※
※ ※

"可怜的'我爱你',我们就救不了它吗?"

亨利先生跟我一样,也非常不安。

我的喉咙哽住了,泪水无法涌上眼睛。我们浑身都是沉重的泪水,永远也无法把它们都哭出来。

"……'我爱你',大家都说'我爱你',并且不断重复。你还记得那个市场吗?要爱护词语,不要动不动就重复它,更不要滥用误用,用它们来说谎,否则,词语会受到破坏。那时,再拯救它们就来不及了。你还想去看看其他病人吗?"

他看着我。

"你不会晕过去吧?"

他抓住我的胳膊,我们一起离开了医院。

第 14 章

第二天,我被绑架了。

在俊男的陪同下,托马斯没有再离开过吉他。他找到了自己的同盟,自己的朋友,对他来说我已经不复存在。

我妒忌了(我已经告诉过你们:可以如何讨厌一个哥哥,就可以如何喜欢一个哥哥),决定去沙滩走走。

仍有几个塑料字母搁浅在沙滩上。鸟儿不再上当了,它们飞得高高的,在空中嘲笑。这时,出现了几架黑色的直升机。

还没来得及喊救命,我就被绑架了。

❊
❊ ❊

"你哥哥在哪?"

自从来到主岛,我就说不出话来了。而且,我怎么能告诉他们呢?暴风雨的后遗症仍让我的脑子里乱糟糟的。

大办公桌的后面,一个秃顶的男人盯着我,可怕地狞笑着。

一个警察在他身边警戒。

"内克罗尔总督问你话的时候,你最好从实回答……"

此时,内克罗尔还假装温柔。

"这是为了你好……"

小心了!"这是为了你好",当一个成年人以这样的口吻开始跟你说话时,你就要小心了,赶快躲起来!这个"为了我好"往往会带来灾难。去睡个午觉("这是为了你好,你看起来似乎很累");作业要重做("这是为了你好，你不会想留级吧？"）；把电视关了（"这是为了你好，看电视会让人发胖"）。

"这是为了你好，孩子（我讨厌别人这样叫我。首先，我虽然只有一米五四，但至少还有6年可以长身体）。别这么看着我，我并不想伤害你。我们一直在跟踪你的可怕遭遇。别担心，我们会照顾你的。我们了解海难，知道这会带来语法语音（他说什么？）紊乱。我们会尽快替你治疗。你可以跟你哥哥一起回去，因为我们会找到他的，你不要有任何担心。你很幸运，法语句子方面的世界级专家正在我们这儿巡视。祝你生活愉快，用不着谢我，我不过是尽职而已。再见，我会来检查你的进步情况。"

他朝我弯下腰，也许是想拥抱我，所有的重要人物对小女孩都会这样，以便显得有些人性。当然啦，我往后一仰，躲开了。新的生活开始了。

第 15 章

走廊里,有个声音。

海难前听到过的声音。

我听出了那个声音。

"狼与羊羔之间的对话分析,表明它并没有遵守典型的模式:启合之间没有任何维系对话的程序。"

我堵住耳朵,但那声音从我指缝里溜进来,就像一条冰冷的蛇。

"假设的前提在狼所选择的论据中不起任何作用。"

我无法逃走,警察按着我的肩膀。

"到了,"他对我说,"我们到了。你班级的门在这儿。晚上见!"

※
※ ※

一些老人。就像在小学里一样,一排排坐在桌后的椅子上。全都是老头。也有老太婆。我知道不能这么说,因为不完全是老头老太婆,但三四十岁的人对我来说就已经是老年人了!

雅戈诺夫人对我笑了笑:

"欢迎你,孩子,欢迎来到我们的进修班。你知道自己有多幸运吗?这里全都是教师。这么说吧,你将很快重新学会说话。"

我明白了:整整一个班级的教师,他们在接受著名的教学法疗法。

可怜的老师们。

他们遗憾地看着我。一个身材高大的褐发教师对我指了指他旁边的一张空椅子。

雅戈诺夫人接着上课,她说的话让人听不懂。

"通过第26行的'据说',雄辩的大厦终于轰然倒塌,结果,只有狼的狡辩获胜。现在我们看寓言的最后部分:

在那儿,森林的尽头(27)
狼胜利了,吃掉了它,(28)
没有采取诉讼措施。(29)

"27到29行由两个叙述从句组成,施动者为S2(狼),被动者为S1(羊羔),谓语'胜利/吃掉',有一个表示空间(森林)的补语。在最后这个叙述句里,一开始就被引入的起因(S2的饥饿)显然被省略了。有问题吗?"

※
※ ※

我在"干衣房"待了两个星期。
只能称其为干衣房,否则,又该怎么称呼

那个教学机构呢?

上午,他们教我们如何把法语切成碎块;下午,他们教我们如何把上午切碎的东西晒干,把它们身上所有的鲜血、汁液和肌肉都抽掉。

到了晚上,它成了干硬的碎块,烤焦的鱼肉,扁平、生硬、黑乎乎的,甚至连鸟都不怎么愿意吃。

雅戈诺夫人却心满意足,与她的助手们碰杯庆祝。

"我为你们感到骄傲。我们的工作进展顺利。明天,我们将解剖拉辛①,之后是莫里哀②……"

倒霉的法语!怎样才能让它避开这一陷阱呢?

---

① 让·拉辛(1639—1699),法国剧作家,与高乃依和莫里哀合称为法国17世纪最伟大的剧作家,代表作有《费德尔》等。
② 莫里哀(1622—1673),法国17世纪古典主义文学最重要的作家,古典主义喜剧的创建者,在欧洲戏剧史上占有十分重要的地位,代表作有《无病呻吟》《伪君子》《吝啬鬼》等。

※
※ ※

可怜的老师们!

检查学习结果的日期临近了。最可怕的考试是"词语汇编",列出教育部要求的一个词语名单,加上让人头大的定义。为了掌握它,他们整天都在复习,甚至晚上熄灯之后还在看书。黑暗中,我在我的小房间里,从朝着他们寝室的窗口,可以听见低低的声音,嗡嗡嗡的,好像在背诵什么。

"同位语:其作用是表示同位词(或词组)与被同位的词之间的关系。在意义上,这种关系跟表语与被它所修饰的词之间的关系相同,但在句法上不同,因为它不是由动词来确定的。"①

---

① 《教学大纲及其资料》(法语,6年级),法国国家教育、研究与技术部编,巴黎,1999年版。

"时态的意义:以不同的方式来表示动作过程的文字记录形式,根据不同的语态和陈述内容中与陈述情况有无关系而定。这种表示便叫时态。"①

有的老师无法记住所有的内容,便拧开手电筒复习。他们骂骂咧咧,说着粗话,读到这种莫名其妙的句子时他们都差点要哭了:"所以,性的配合要注意比较它们在日常生活中的表述和文字上的表述之不同,考虑到通常意义上的诗歌风格……"②

可怜的教师们陷入黑夜之中!

我很想去帮他们一把。说到底,这种"词语汇编"是为我这种 6 年级的学生而编的。可如果说我对此一点不懂,这难道是我的错吗?

---

①《教学大纲及其资料》(法语,6 年级),法国国家教育、研究与技术部编,巴黎,1999 年版。
②同上。

第 16 章

"快来……"

半夜里,可能有只飞虫钻到了我的耳朵里。现在,这个放肆的家伙,弄得我的耳膜痒痒的。我得严惩它。我遗憾地走出梦境:正当我的船要沉没时,一架白色的直升机悄悄地突然出现。机门半开,一条丝绸悬梯为我从天而降。我睁开了眼睛。

"你睡得太深了!好了,快穿上衣服……"

我信赖地跟随着那个声音,因为我什么都看不见。亨利先生好像在外面,而且朦朦胧胧的,像一个影子。为了救我,他化装成一个咖啡馆侍应(穿着黑色的衣服),并且跟月亮商量好了,让它到别处亮去。

干衣房门口,看门人兼看守坐在他通常所坐的椅子上睡着了,一边的嘴角还留着微笑,另一边垂着一支雪茄。经过他面前的时候,亨利先生拍了拍他的帽子。

"我给他哼了'阳光下的小岛',谁也抵挡不了我的摇篮曲。明天早上,内克罗尔会大发雷霆的。"

又一次逃离了危险。在回来的木船上,我们为逃离那个阴森可怕的内克罗尔碰杯庆贺(喝朗姆酒,还是朗姆酒)。然后跳舞,跳啊跳啊,多少次差点把船弄翻。之后又一遍遍高唱让我获得自由的摇篮曲:

这不过是阳光下的一个小岛,

一个毫不起眼的普通小岛，

我的父母在那儿出生，

我的孩子们也将生在那儿……

你们现在明白了，为什么当我失眠的时候，我只要一哼下面的歌就睡着了：

在一个露水晶莹的清晨，

她就像一个年轻的新娘，

我看着她，肩上的重担

似乎马上就减轻了许多。

我想起了亨利先生的悄悄话，想起了他如何艰难地找到了与"露水"谐音的韵脚；当新娘的形象浮现在他眼前时，他又是多么快乐。

"生活很粗粝，让娜，你以后会明白的，应该设法让它变得柔和一些。没有比韵脚更好的武器了。可是，它经常躲藏起来，要把它找出来不太容易。但一旦把它安放在每个句子的后面，它们就互相应和了，似乎在友好地晃动着小小的手掌，向你问好，抚慰你入睡。我想，没有这些韵脚，我无法活下去。"

托马斯在沙滩等我，那个绝对是越来越迷人的俊男在他身边。我以为，作为一个好哥哥，一看到我，他就会扑到海里来迎接我，把我紧紧地搂在怀里。我从他眼里猜出他想对我这样说："妹妹啊，我害怕极了，我太想念你了。但愿他们没有虐待你，否则，我会杀了他们，我向你发誓……"

可是，哥哥还是那个哥哥。

他只生气地扫了我一眼：你怎么现在才来？

然后，便不再理睬他死里逃生的妹妹，又拨弄起吉他来。

我常常会想起雅戈诺夫人，想起跟她在一起的那些不幸的日子。我一点都不想报复她，也不愤怒。更多是伤心。我渴望拥有我并不具有的勇气和慷慨：冒着被黑色直升机绑架的危险，回去把她从疾病中拯救出来。那种病比癌症更残忍，蚕食着她，不让她继续活下去。医生们最会用晦涩的方式命名他们所发现的疾病了，我没有他们那样的才能，也没有他们那样的神秘感。我在她身上发现的疾病，我只简简单单地把它叫做：恐惧。词语的快乐会让她感到无比惊恐。

第 17 章

第二天,为了让我从险遇中恢复过来,我以为能够好好地睡一大觉。但我对亨利先生太不了解了,他看起来漫不经心、满脸笑容,其实固执得可怕:所以才不分日夜地寻找韵脚。

天刚亮,他就推开了我的房门。正如你们已经猜到的那样,托马斯已经抛弃了我。为了更好地与他的新朋友吉他待在一起,他把隔壁的小屋整理了一下。他的老师就住在那里。

"里面的该起床了,要继续上课了。你不会以为自己是在度假吧?我们已经落后了,你必须尽快重新学会说话。否则你的右脑,也就是制造语言的地方,会变成沙漠;你的舌头会变得扁平而灰黑，就像我们在太阳底下所晒的鱼；你会不断地流口水，因为你的舌头在嘴里没有别的事情可干！"

这种威胁，当然让我马上跳下了床。不一会儿，我就跟着我的救星大步地往前走了。

"雅戈诺夫人有她的办法，我也有我的办法。你参观过不少工厂吧？没有？没关系。我要带你去参观的工厂非常特别，然而极其重要。它也许是我们最需要的工厂。现在，戴上养蜂人的面罩，穿上这件白斗篷。内克罗尔不会就这样放过你的。你可能会有点热，但一出门，你就得一直这样伪装，除非他们把你忘了。这种状况可能会持续很久！内克罗尔的记性可好了。"

❋
❋ ❋

"我已经等了你们好久……"

这是所有工厂中最重要的工厂。厂长不客气地打量着我,这是一个长得很高的人,可以说,是一头没有血肉的长颈鹿,一个巨大的骨架,在上面稍微贴了一点皮肤,免得吓坏别人。我差点要哭了。我刚刚逃离了雅戈诺夫人的魔爪,难道现在又要落入一个更严厉的人手中?我是否命中注定一辈子要忍受语法学家的折磨?再说,那些语法学家,不管是男是女,怎么一个个都那么瘦?

开始参观的时候,亨利先生轻声地给了我答案:

"这个厂长看起来很可怕,其实非常和蔼。只是,他太喜欢词语了,日日夜夜都把心事放在它们身上,都忘了吃饭,所以自然就缺乏脂肪。人们不得不一个月把他关起来一次,撬开他的嘴喂他吃东西,否则他早饿死了。"

我则另有解释,我不知道这种解释是否有价值,你们来判断吧:语法学家们对语言的结构，也就是骨架，太感兴趣了。所以，他们的骨架自然比别人明显。我知道，我知道，语法学家也有胖的，但语法不是一个特殊的王国吗？

❋
❋ ❋

世界上最重要的工厂的第一栋楼是一个大鸟笼，上面都是蝴蝶。

"那些词，我想你认识。"长颈鹿对我说。

我点点头（我终于可以摘掉养蜂人的面罩了）。所有的名词，我在词语城里的朋友们，全都在那儿。它们认出我来，纷纷涌到铁栅栏边上，跟我打招呼。

"你好像很出名嘛！"

我受到的这种欢迎似乎让长颈鹿厂长感到很惊讶，他朝我笑了笑。（也就是说，他露出一副怪相。没有皮肤怎么还能微笑？）我感到很高兴,工厂接纳了我。

我们朝着一块巨大的玻璃往前走了几步,玻璃后面的上下几层,活动着一些别的词语。看它们不断地爬来爬去,人们还以为是蚂蚁。

"你想起它们来了吗?"

我遗憾的样子给了他答案。

"那是动词。你看它们,一个个都有劳动癖,不停地干活。"

他说的是真的。那些蚂蚁,也就是被他叫做动词的东西,在拧螺帽、在雕刻、在磨、在修理、在遮盖、在抛光、在锉、在钉、在锯、在喝、在缝补、在挤东西、在粉刷、在增长。一片震耳欲聋的噪声。好像是一车间的疯子,每个人都在发疯似的干活,<u>丝毫不顾别人</u>。

"动词是不会保持安静的,"长颈鹿对我解释说,"这是它们的天性。它们一天24小时工作。你注意到那边的那两个动词了吗?它们在到处跑。"

我试图在巨大的混乱中找到厂长说的那两个动词。突然,我发现它们了:être 和 avoir。啊!它们太让人感动了,不是追这个动词就是追那个动词,推销自己的服务:"需要我的帮助吗?你不需要帮手吗?"

"你看见了,它们是多么可爱!正因为如此,人们才把它们叫做 auxiliaire(助动词),这个词来自拉丁语 auxilium(帮助)。现在,轮到你了,你来创造你的第一个句子。"

他递给我一个捕蝶网。

"从最简单的开始。你看,那边,在大鸟笼里选两个名词。然后,动词吗,你到蚂蚁窝里去找。开始吧,别怕,它们都认识你,都很喜欢你,不会咬你的。"

这个长颈鹿厂长,他说得倒轻巧,我倒想看看他自己去试试结果会怎样。门一推开,我就受到了猛烈的进攻,喘不过气来,看不见东西。名词们你争我夺,钻进我的眼睛、鼻孔和耳朵,我打着喷嚏,咳嗽着,差点死去。它们都要我把它带走,它们被关在里面烦闷死了。我在出逃之际,胡乱地抓住两个名词的翅膀,一个是"花朵",一个是"梁龙①",然后关上门,脸色苍白,浑身发抖,半条命都丢了。

"长颈鹿"并不给我喘息的机会:

"好了,现在再去找个动词。"

有了先前的经验,我便只伸进一只手。它瞬间就被单词所覆盖,被舔、被咬、被抓,但也被抚摸、被涂抹香脂、被擦干

---

① 梁龙,蜥脚下目梁龙科下的一种恐龙,生活于侏罗纪末的北美洲西部,是有史以来陆地上最长的动物之一,比雷龙、腕龙都要长。

净、被化妆。动词蚂蚁们兴高采烈地投入这工作。受到这样的重视，让我感到很激动，我让它们工作了几秒钟，然后随便抓了一个，抽回手："慢慢地吃"。

"好了，你现在去分配冠词的地方，然后回来找我。"

冠词就要乖一些了。一排"阳性"，一排"阴性"，只需按一下按钮，排在最前面的我所需要的冠词，一个"le"和一个"la"就落在了我的手心。

"很好。现在，你坐在那儿，坐在这张书桌前，把这些词放在一张纸上，你的句子就组成了。"

那些千辛万苦才抓住的词，我一直捏着它们的翅膀，不敢松开，怕它们跑掉。不管怎么说，对词语来说，句子就是它们的监狱。它们当然喜欢独自散步，就像我们在如此喜欢的城里跟亨利先生一起散步一样。

亨利先生前来帮助我了：

"要相信纸张，让娜。词语喜欢纸张，就像我们喜欢床单和沙滩上的沙子一样。它们一碰到纸张就会平静下来，发出满足的嗡嗡声，变得像羊羔那么温顺。试试吧，你会发现，没有比一系列词语出现在纸上更美的景象了。"

我照做了，松开了"花朵"，然后是"慢慢地吃"，最后是"梁龙"。亨利先生没有骗我：纸张真是词语的家，它们一躺在纸上就不再动弹，而是闭上眼睛，听之任之，就像一个孩子，在听我们讲故事。

"你对自己满意吗？"

"长颈鹿"的声音让我从动情的凝视中惊醒过来。我看着自己组成的句子，海难之后的第一个句子，大笑起来：

"花朵慢慢吃梁龙。"

"你在哪里见到过这种情形？一种脆弱的植物吞吃巨兽？通常，句子的第一个词是主语，实施行动者；最后一个是宾语，因为它通过动词让句子的意思变得完整……"

在他讲述的过程中，我很快改变了顺序："梁龙慢慢吃花朵"。

"我觉得这样要好一些。这话我们之间说说，我不是很清楚那种巨大的兽类是否喜欢吃花朵。好了，最后一个步骤。我们给动词标上日期。'慢慢地吃'，这太笼统了。没有说明事情是什么时候发生的，应该给动词一个时态。再努把力，让娜，集中精力。你看见那边的几个大钟了吗？去，选择一个。"

※
※ ※

一个木头做的台子上放着一排大钟，钟摆很大，都是铜制的，好像透过钟面在监视世界上最重要的这家工厂。

我走上台阶，心怦怦直跳，手里拿着那张

写着短句的纸张。

走到第一个钟跟前,它的钟摆让我放下心来。它像一般的钟摆一样,有规律地左右摆动。钟上像信箱那样开了一个口,我想都没想就把纸塞了进去,然后便听见齿轮转动的吱嘎声,钟响了三下,纸张退了出来,我的句子被补全了:"梁龙在慢慢地吃花朵"。这时,我才看见牌子上写着:**现在时之钟**。

在亨利先生的鼓励下,我继续在时间里散步。旁边的两个钟跟刚才那个钟外表相同,但钟摆的活动有些滑稽:它朝左边升起,却不再落下,好像是坏了。这两个钟是干吗用的?好像没有比过去时更简单的了。过去时:已经完成且不再回来的东西之王国。

"每个都试试,你会明白的。"

我塞了两次纸,也退回来两次。我在作比较。亨利先生在我背后看着,并且点评道:

"'梁龙曾在慢慢地吃花朵。'这是未完成过去时。事情当然发生在过去,但这个过去持续了很长时间,一个在重复的过去:梁龙从1月1日到12月31日整天都在干吗呢?它们在慢慢地吃花朵。而这一个,'慢慢地吃了',是简单过去时,意思是说这个过去只持续了一刻。有一天,很例外,也许是因为消化不良,梁龙不饿,慢慢地吃了一朵花,而通常它吃东西都是狼吞虎咽的。你明白了吗?"

简单,没有比过去式更简单的东西了。我又走到旁边的那个钟跟前,"将来时"之钟。它的钟摆同样也卡住了,但卡在另一端,卡在右边高处。我把纸塞进去,"慢慢地吃"变成了"将慢慢地吃"。梁龙进入了未来:明天,它将吃简餐,吃花朵!

最后一个钟,又高又大,钟摆疯了一般,胡乱地摆动,不知着了什么魔,与其说是钟摆,不如说是风向标。

"这是'条件式',"亨利先生解释道,"什么都不确定,什么都有可能发生,但一切都取决于条件。如果天气好,如果浮冰退去,如果……那梁龙就慢慢地吃。你听懂了吗?它可能吃,但我不能向你保证它一定吃。"

现在时,两个过去时,将来时,条件式……我闭上眼睛,慢慢地在脑海里整理这些时态。

"好了,让娜,我得走了,工厂属于你了。你看,我没有骗你吧?你不是认识了最有用的工厂?在世界还能制造什么比句子对人类更有用的东西呢?你已经掌握了规则,可以在名词的笼子后面找到形容词商店,还有给间接宾语分配介词的机器:往河边走,从纽约回来。最后一个建议:要十分爱惜纸张。你看见了,是它,也只有它能驯服词语。离开了纸张,词语就太不安分了。好了,我走了。造句顺利!今晚拿来给我看。现在有首歌在等待着我。"

他拍了一下我的肩膀,走了。

这是他的说话方式,也是他的生活方式。他老是这样说:"有首歌在等待着我。"好像那是他太太,一个脆弱的、被他深爱着的女人,如果他不及时赶到,她随时都会消失,在空中蒸发。

你们已经猜到,我妒忌了。从那个时候起,我常常梦想成为一首歌。几行音符,一段音乐。晚上,我把嘴紧紧地贴在丈夫的耳边,请他轻轻地哼唱着我,不是唱什么东西,也不是唱副歌,而是哼唱我。这将是爱我的最好方式。

第 18 章

我整天都在玩,觉得重新找到了童年时期的积木。我拼凑、收集、摊开。我在工厂里寻找,又发现了一些分发机,分发感叹号的,(啊!好!可惜!)分发连词的,(但是、或者、和、那么、不过、既然、因为……)词虽短,但要把零碎的词组成句子,它们显得非常有用。

随着时间的推移,我的梁龙体积在增大,在往前延伸,个子越长越高,像河流一样蜿蜒,溢出了纸张……

长颈鹿厂长看到我的劳动成果,都不敢相信自己的眼睛:

在密不透风的森林里面,身体庞大的蓝色梁龙哭着告诉自己的朋友们说它错误地慢慢吃掉了脆弱的、黄色的、罕见的,既不是欧洲的、也不是美洲的、而是亚洲的花朵,那是一个被吓坏的流动商贩以很便宜的价格卖给它的,而它的未婚妻,一个坏脾气、爱发火、脸通红却被它深深地爱着的女子已焦急地等待了好几年。

"一个句子,就像是一棵圣诞树,起初是简单的杉树,然后给它装饰,你想怎么装饰就怎么装饰……直到它最后倒塌。你也要当心你的句子:如果你给它挂上太多的花环和球球,我是说形容词、副词和关系词①,它也会塌掉的。"

我发誓以后要建得更轻一些。

"别担心,初学者总是贪多。工厂是属于你的,正如它属于岛上所有喜欢句子的居民一

---

① 指关系代词、关系形容词、关系副词等。

样。你看!"

我转过身。我刚才一心在干活,丝毫没有注意到周围都是人。他们有几十个,有各个年龄层的男人和女人,像我一样在挑选词语。他们从笼子旁跑到分发机前,然后围着那个大钟,当得到的结果与期望相符,甚至更好,让人喜出望外,他们便高兴地把它们贴到纸上。

"句子的真正朋友,就像是制造项圈的人,他们在里面镶进珠宝和黄金。但词语不单是漂亮,它们还道出真相。"

"这扇门后面有什么?"

"长颈鹿"欣喜地扫了我一眼:

"你听见自己说话了吗?你好像痊愈了,不是吗?太好了,让娜小姐能重新说话了,忘了暴风雨带来的噩梦!"

让娜小姐脸红了,让娜小姐差点哭了。但让娜小姐很自豪,她把眼泪咽到了肚子里;让娜小姐很有礼貌,她轻轻地说着谢谢;让娜小姐也很固执，她又提出了那个问题：

"这扇门后面有什么？"

"这是工厂里唯一禁止别人进去的地方。好了，现在去找亨利先生吧！让他欣赏欣赏你崭新的漂亮声音。你没听见音乐吗？大家正在准备庆典。"

第 19 章

所有的人都集中在沙滩上，我们先前到达的那片沙滩。

多么滑稽的景象！

有人欢笑、歌唱、拥抱。

有人做出愤怒或伤心的样子。

这是怎么回事？

像往常一样，我还没张嘴，亨利先生已经明白我的问题，准备回答。好像他的耳朵能听到我头脑中想什么似的。难道那就是所谓的"超级"神耳吗？我的头脑中还出现了其他问号。这种猜测的本领是音乐家独有的吗？抑或，我的朋友们，我最要好的朋友们，他们也有这种本领？不过，说到底，友谊不就是音乐的一种形式？

"你在听我说话吗，让娜？"

"对不起，我在想问题……"

"啊，一个'想问题'的人，同时又那么充满热情，这种人值得我尊敬。尽管这个想问题的人忘了向我道谢。"

"感谢？感谢谁？为什么要感谢？"

"当然啦！能重新开口说话，你不高兴吗？"

"啊，对不起！"

我羞愧得差点想钻到地里去，眼泪也流了出来（女孩往往宁愿死也不愿哭）。我扑到亨利先生的怀里（我已经知道，很少男人能抵挡得住女孩的哭泣）。

"冷静，冷静，你已经道过歉了，你在想问题……"

"不要取笑我！出什么事了？"

"我们在给我们年迈的词语命名者庆祝生日。谁也不知道她哪天生日,可这又有什么关系?"

就在这时,好像有人在叫我的名字。像是在骂,又像在开心地大喊。

"让娜!"

是我哥哥。

"你去哪了?我到处找你。(撒谎!)你想听听我今天学会的音乐吗?"

"啊,托马斯,你也会弹了?我当然想听啦!"

"多亏了音乐,它让我的大脑恢复了正常。"

"乐理和语法,同样的效果?"

"一点没错。"

亨利先生和他的侄子消失了,也许是被欢腾的人群吞没了。我和哥哥两人友好地站在一起。一只巨大的乌龟在我们身边的沙地里产卵,不慌不忙,既不理睬我们,也不怕嘈杂。

我羡慕它，我也喜欢下蛋。将来，到了该生孩子的时候。下蛋肯定没分娩那么痛。我哥哥弹起吉他，眼中出现了一道我从来没有见过的光芒。他在弹披头士的《米歇尔》。我得承认，他弹得很不错，没有跑调。

也许，词语不是真正属于他的语言。我现在更加明白了他跟我说话为什么常常说得那么糟。他停了下来，应该是弹完了。我鼓起掌来，想让他开心。不管白天黑夜，随时都让哥哥开心，除此以外，你还知道有什么办法可以让家庭生活变得能够忍受吗？

"对了……"

在告诉我重要的事情之前，托马斯有个技巧，他眼望着别处。我对他未来的妻子深表同情。

"对了，爸爸妈妈明天到。他们坐水上飞机来找我们。"

"两人一起？"

"你总是夸大事实!"

"我希望这个小岛能给他们带来幸福。"

"他们有多久没有互相说话了?你觉得他们在水上飞机里会说话吗?"

"不可能。那种飞机发动机噪声太大。"

第 20 章

一扇门。

“你可以在工厂里到处走，”“长颈鹿”曾对我说，“但绝对不要推开这扇门。听见了吗？”

我在睡觉之前刚好有时间。

＊
＊ ＊

门里面，有三个人在纸张前工作，只有三个人。

我走到第一个人旁边。

“你是谁？”

“作家兼飞行员。”

"你的飞机呢?"

"在海底。"

"你一定非常想念它吧?"

"我有文字。如果你是文字的朋友,它们便可以取代一切,甚至是坠毁的飞机。"

"你叫什么名字?"

"安托万,但我的昵称圣埃克絮更出名。"

"跟《小王子》的作者同名?"

"那就是我①。这个小岛收留了我,就像收留了你一样。这是一个死去的作家唯一能去的地方。"

"可你并没有死,因为你还在说话!"

"我没有死是因为我还在写作。如果你不让我写作,我会重新死去。所以,我要离开你了。祝你好运,让娜!"

"祝你好运!"

临走之前,我忍不住从他背后扫了一眼他面前的那张纸,上面的句子很短:

他的脚踝旁边只有一道黄色的光亮。他一动不动地待了一会儿。他没有喊,然后像树木倒下一样慢慢地倒下,由于下面是沙子,甚至没有发出一点声音。

---

① 指《小王子》的作者安托万·圣埃克絮佩里。

✷
✷ ✷

第二个工作者的脸色非常苍白，小胡子细细的，像是一条笔画，在嘴唇上面黑色的一画。他在用渔网网上来和海水冲上岸的软木碎块给自己建造了一间小屋，而他就在这软木堆中间写东西。他带着温柔而忧伤的微笑看着

我，那种微笑幽深得让人头脑发晕。

"你叫什么名字？"

"让娜。你呢？"

"马塞尔。①"

"这个名字非常古老。"

"我已经很老了。"

他的声音气喘吁吁，可他并不像喜欢运动的人。他似乎身体不好，勉强活着。我暗暗地对自己说，要经常去看他，保护他。

"你喜欢句子吗？"他问我。

我点点头。

"我怕你会觉得我的句子太长。"

我低头看着他写的东西：

可当他回家时，他突然想也许奥黛特今晚在等什么人，她只是装累而已……他一离开她

---

① 指《追忆逝水年华》的作者马塞尔·普鲁斯特。

就重新活了过来,让昨晚很可能跟她过了夜的男人回来。

"你喜欢吗?"

"我一点都看不懂,但心里有什么东西在告诉我,当我长得更大一些,你的句子会让我感兴趣的。"

我现在知道他为什么喘气了。他的句子太长了,很可能缠绕着他的脖子,让他喘不过气来。

"你为什么要写这么长的句子?"

"有的渔民用很短的渔线,仅用一个鱼钩,钓浅水里的鱼。但还有一些鱼,深海里的鱼,必须用很长很长的渔线。"

"就像你的句子。"

"你全明白了。现在,让我安安静静的吧!当我放弃句子,呼吸就更困难了。"

"你太虚弱了。我会照顾你的,永远。"

"谢谢你。"

※
※ ※

远远看去,那好像是个院子,跟一个动物园混在一起,或者是诺亚方舟①装船的地方。我看见有狼、有驴、有狗、有鹦鹉,还有两头公牛、一只狐狸、一只野兔、几只老鼠、一只鹰、12只雄狮和一头母狮、一只乌鸦、一条游蛇……

在这之后,我才看清被这群动物围住的那个人。他戴着一顶农民常戴的那种宽大的帽子。

---

① 据《圣经》故事,上帝发现人间充满罪孽,便想灭了这世界,只留下诺亚与他的家人以及若干动植物。他嘱诺亚制造方舟,等他把这些东西都搬上船之后,便让天降暴雨,洪水泛滥,灭了地球上的一切,除了方舟。

尽管这副样子,他应该也在写作,就像我刚才见过的那两个朋友一样,因为他一手拿着一个翻开的小本子,耳朵上夹着一支又细又长的鹅毛笔。我走得更近一些,发现他正在跟一只猴子和一只豹子在争论什么,或者是在饶有兴致地听它们争论。那头斑点豹非常漂亮,而猴子则很狡猾。在这个世界上,身体外表和智慧哪个更重要呢?

我有礼貌地等待这场古老的争论结束。

"对不起,先生,我叫让娜。作家难道永远需要身边围着动物吗?"

"作家的义务是揭示真理,真理是自由最好的朋友。动物天生比人类自由,可除了作家,没有人倾听它们在说什么。"

我不敢肯定自己全听懂了,只觉得,这个人和亨利先生一样,也对韵脚感兴趣。我的处境十分危险,因为,如果说猴子对着我笑,豹子却对着我吼。不过,在逃跑之前,我得完成我的调查。我鼓足勇气：

"对不起，先生，能给一个句子我看看吗？我收集佳句（我知道，要征服一个作者，没有比恭维更有效了）。"

"啊，亲爱的让娜，如果现在的年轻人都像你这样聪明……对了，我叫让。^①"

他得意地哼哼着，给我翻开了他的本子：

"这首，必须承认，我很满意。它应该能给我赢得一点荣誉：'这一教训也许比奶酪更有价值'。"

我刚准备鼓掌，（你的文字这么简短和简洁，太棒了！您真是长话短说的天才！）几个鹰钩爪子抓住了我的肩膀。

"你在这里干什么？"

是"长颈鹿"，他气坏了，恶狠狠地摇晃着我的身体：

---

① 指法国著名寓言诗作家让·拉封丹。

"我不是告诉过你,禁止到工厂的这个角落里来吗?"

安托万、马塞尔和让,我的三个朋友都过来为我说情:

"这个让娜是我们永远的客人。"

"长颈鹿"的口气缓和了一点:

"你知道几点钟了吗?快去睡觉!我提醒你,你父母明天就要到了。你必须精神饱满地去迎接他们。"

回去睡觉之前,我又低声问他自从我推开那扇门之后就一直想问的问题:

"那三个人,我不明白,他们是死是活?"

"当死神靠近大作家时,他的朋友们,也就是那些文字,会在最后一刻把他劫走,安排到这里。为了能让他继续写作。"

"那什么人才算是大作家呢?"

"他用文字造句,不在乎形式,只致力于揭示真理。"

"死神不会来找他吗?"

"地球很大,有许多藏身之地。幸运的是,死神的地理知识很差。"

"谢谢。"

我拔腿飞奔,跑回房间。

第 21 章

当然,我没睡着。

当然,我喊叫了他们许多遍。

没有成功。也许在空气中,我的力量不够,他们听不到我的喊声。

旁边,托马斯在黑夜里用一盏小灯照亮自己的手指,一遍又一遍地练习吉他。他想给他们一个惊喜。

我也给他们准备了礼物。我要带他们去参观整个小岛,让他们重新学习说话。

第二天,天一亮我就起床了。

※
※ ※

居民们，包括长颈鹿厂长和那三个作家，耳朵上夹着笔，带着记录本，还有年迈的词语命名者和她的风扇保镖，以及野兔、马和猪都聚集在沙滩上，大家都跟我们一样，仰望着天空。

"我看见了！"托马斯大声地喊道，指着西边。

"我也看见了！"

"你撒谎：你要看另一边！"

"让娜说得对，你们的父母分别来自不同的方向。"

我们都低下了头。白练习了，我们仍然不信自己的父母分了手。

这时，我们听见了翅膀发出的巨大响声：词语起飞了，岛上所有的词语，市场里的词语，工厂里的词语，词语城里的词语，甚至连

医院里的词语,小小的病句,旧词典里罕见的词,它们全都放假了,飞去迎接那两架水上飞机。

"发生什么事了?"托马斯问。

好像是日食了。所有的词语,数千个词语,遮天蔽日。

"你们看!"亨利先生说。

他拿起了吉他,开始唱起来:

> 母鹿遭到追猎
>
> 林中藏着恶狼
>
> 哦,哦,哦
>
> 勇敢的骑士经过
>
> 一把抱起母鹿
>
> 哈,哈,哈

那些词语一个个离开他温柔的歌,像其他词一样,飞向天空。

"你们看,我现在只剩下音乐了。"

"怎么回事?"托马斯又问。

亨利先生笑了:

"词语是些讲感情的小动物,它们不喜欢两个人不再相爱。"

"为什么?这毕竟跟它们没有关系!"

"可它们认为有关系!对它们来说,不爱,就是沉默来到了世界上。词语痛恨沉默。"

"既然这样……"

托马斯还是不懂:

"表示感情的词,我很喜欢,激情、美丽、永恒……可那边,油炸锅、牙刷、活络扳手,那些日常生活中的词,它们为什么也对我父母感兴趣?它们跟爱情有关吗?"

"它们无私地表示普通的东西和日常的活动,但它们也有自己伟大的梦想,就像我们一样,托马斯,跟我们完全一样。"

我没有说话。

在飞翔的词语护卫队的护送下,两架水上飞机齐齐降落。

我终于用失真的声音,小声地问出了我一直想问的问题:

"那些词……它们能让爱情重新开始吗?"

亨利先生点点头。那天,他挎吉他的方式有些滑稽,他把琴颈放在肩上,就像是工具,一把镐,一把斧头。

"你允许我说实话吗,让娜?你现在是个大人了,几乎是个成年人了。所以,我得把真相告诉你:不总是能够,让娜。词语不总是能够让爱情重新开始。无论是词语还是音乐都如此。唉!"

一个乐队走过来,两个小号手,起码十个鼓手,他们快乐地为我们演奏,越来越大声。亨利先生不得不大声对我嚷着,才能把下面的话说完:

"但这不妨碍我们试试。那就试试吧,让

娜!一万年来,人们尝试了多少东西……"

两架水上飞机在潟湖中间停了下来,舱门还关着。这一热烈的庆祝活动让鸟儿妒忌了,它们在高高的天上生闷气。

我 是 谁？

(作者自述)

我于1947年3月22日出生在巴黎（真名叫埃里克·阿努尔），家族中有法国银行家，也有卢森堡农民和古巴文具商。读完哲学和政治学之后，我选择了经济学。从英国（伦敦经济学校）回来后，我出版了第一部小说，同年获得了大学一级教授资格。我给自己起了个笔名，叫做"奥瑟纳"，那是于连·格拉克①老家一座旧城的名字。

我在国际金融和经济发展领域从事研究和教学11年（巴黎一大、高等师范学校等）。1981年，合作部部长让-皮埃尔·科特召我去他办公室工作，我在那里负责

---

① 于连·格拉克（1910—2007），法国著名作家。

材料整理和多边会谈。两年后,我被调到爱丽舍宫任文化顾问(并负责编辑上司的讲话稿)。20世纪90年代,我在外交部长罗兰·杜马斯身边处理非洲民主化进程事宜及南欧与北非地区的关系。在这期间,我离开了高校,于1985年12月进入了行政法院,2000年7月起任参事,现在是荣誉参事。

我一直希望不要当专职作家,首先是为了能自由支配写书的时间。写书应该是件自由的事。我每天早上写两个小时。剩下的时间,我可以做大量其他事情。我的其他职业能让我更好地认识这个世界。

所以,在从事行政工作的同时,我写了7部小说,其中包括《如在洛桑生活》(1978年获罗歇·尼米埃奖)、《殖民展览》(1988年获龚古尔奖)、《巴夫人》、《印度人的企业》、《马里啊马里》等。1998年5月28日,我被选入法兰西学院,接替雅克-伊夫·库斯多(第17把椅子)。

除了写作,旅行、大海和音乐也在我的生活和书中占有重要地位。这些爱好,我要归功于我的家庭。

母亲让我爱上了故事和法语。

父亲家在布雷阿岛有座房子,他让我爱上了大海、潮汐、船只和远行。我现在还是罗歇福尔国际海洋中心的主任。

我哥哥经常在隔壁不停地练习吉他,而我爷爷说起我们的古巴祖先时,也往往不顾身体臃肿,模仿着跳起萨尔萨舞来。

我无非是继承先辈的传统罢了。

法兰西学院

前面说过,我于1998年5月28日被选入法兰西学院,接替雅克-伊夫·库斯多(第17把椅子)。法兰西学院成立于1635年,是黎舍留首相创办的,其主要作用是保护法兰西语言。在这个框架下,300多年来,它编撰了一部大词典,并不断修改。

它也是一个长见识和培养友谊的好地方。

我有幸长期与弗朗索瓦·雅克布(诺贝尔心理学和医学奖获得者)、哲学家让-弗朗索瓦·雷韦尔和原总理皮埃尔·梅斯梅为邻。你们想想吧,十年来,我每周都跟人类学家克洛德·列维-施特劳斯聊上几句,我还有幸几乎每个周四都坐在小说家让·端木松和米歇尔·德翁旁边。对于我这样一个好奇心强的人来说,这种聚会当然具有无限的快乐。

大海

我是跟我父亲在他的布雷阿岛学会航行的。小时候,所有的假期我都在那里度过。那是与大海和阅读的约会,也是幸福和自由的约会。白天,我看潮涨潮落,钓鱼、赛船,那里的景色时刻都在变幻。

在南美洲的合恩角航行了两次之后,我坐着航海家伊莎贝尔·奥蒂西埃的小帆船去了南极洲(在冰川中航行了7个星期)。这是我此生的梦想之一。我曾沿着非洲海岸航行,多次横穿地中海。在从北冰洋到西伯利亚的海路上,我和伊莎贝尔写了一本书,讲述我们如何在白令海峡探险。

我酷爱船只和书籍。我不断漂流,从一个地方航行到另一个地方,从一本书航行到另一本书,从一种语言航行到另一种语言。写故事和升船帆竟然如此相似,真是不可思议。

小说家总是睁大眼睛,伸长耳朵,既像船上的瞭望员,也像间谍。在我父亲的小岛西部,我经常走到巨大的雷达旁边,想偷听它从四面八方捕捉来的嘀嘀声。

旅行

我经常旅行,尤其是去非洲。我去了80多个国家,不多但也不少。每次旅行都能给我的小说提供养分，给我灵感，让我思考。尼古拉·布维埃说过一句很有哲理的话："人们以为自己将作一次旅行，但他很快就会发现，是旅行造就了他或击败了他。"我很喜欢被击败。

2002年11月，我坐着一艘帆船绕着非洲航行了8个月。这是"非洲之门"联合会的一场活动，船上有12个作家兼旅行家，他们交替讲述他们看到的非洲主要的海洋大门。一场美好的历险，大海与文学结合在一起，用另一种目光看非洲。2003年2月，我坐着"非洲之门"的船去了肯尼亚的蒙巴萨，写了一部中篇小说。

音乐和语言

我的父辈是古巴人，音乐不可能不成为我的心头之好。多年来，哥哥一直在我耳边不知疲倦地练习吉他，后来我写了一部小说，书中写了世界上很多著名的吉他手[①]：在著名的奥莫山谷，一个老考古学家遇到了一个叫克拉东的人，那个游客没有别的行李，只有一把吉他……

我的第一个梦想是弄清在乔治·哈里森之前是谁用

---

① 《9个吉他手的故事》，法国Fayard版，1996。

的"吕西"①,第二个梦想是想象"吕西"的传奇故事。一段时间以来,我几乎每天晚上都在做这同样的梦。

从6岁起,也许更早,我就靠在妈妈身上,如饥似渴地听她讲故事。法语是我的朋友,我的日常伙伴(尽管并不那么容易相处),我的避难所,我的同谋。慢慢地,她给我打开了一扇语言的大门,给我讲述它的秘密,教我语言的节奏。她给了我武器,让我能更好地理解这个世界,更好地抵制暴力,也为了能更好地爱。

法语是我们最宝贵的财富之一,可我们逐渐忘记了它。它是我们1200多年来创造的杰作,是共同创造的结果,因为从诗人到强盗,从国王到工人,从官员到医生、水手和农民,我们都为语言的诞生和流传作出了贡献。

我愿意带着学生们及其家长和老师,带着所有爱好语言和文字的人,在温柔的语法、刺人的音符、奇幻的语态和起舞的标点当中,探索语言王国的奥秘。

祝你们在温柔的语法中,在让人目眩的虚拟式中,在扎人的音符中,在标点的舞蹈中,在词语的王国中愉快地旅行!

---

① 乔治·哈里森是披头士成员之一,吉他手,他的吉他名叫"吕西",是一把十分著名的吉他,许多名人用过。

"语言群岛探秘"的幕后故事

法语是世界上美丽动听的语言,也是最严谨、最难学的语言,尤其是法语语法,复杂微妙,一不小心就会犯错,学生们都很害怕。

如何帮助学生们克服畏惧心理?如何让学生们学得愉快?

最好是把语法与故事结合起来,在故事中学习语法,在学语法的过程中听故事。

任务落在了著名作家、语言学家、文化学者埃里克·奥瑟纳头上。

因为他是法兰西学院院士,有责任保护和弘扬法兰西语言;也因为他是大家所喜欢的作家,写出了许多孩子们喜欢的作品;但最重要的原因是,他酷爱语言。

2001年,他写出了《语法是一首温柔的歌》,很快好评如潮,风靡法国,受到学生、老师和家长们的热烈欢迎。大家纷纷要求他接着写下去,法国教育部也给了他很大的支持和鼓励,安排他到学校蹲点,一边写,一边听同学们的意见,还把他所挂靠的学校用他的名字来命名。

然而,他却感到越写越难,如果说丛书的第二部《飞越疯人岛》花了两年时间,4年以后他才写出《音符大逃亡》。而给丛书画上句号,则是2013年的事了,此时距第一部出版已12年之久。

虽然书不厚,文字不多,但难度之大,由此可见一斑。

我们还是来听听他自己是怎么说的吧:

要写这套关于语法的书,我需要一个团队

我首先需要一个精通语言学和词语搭配的团队,因为我只是一个语法爱好者,当然,是一个发烧友。我后来的这个团队人员的组成十全十美:达尼埃尔·里曼是巴黎十大-南特大学的语法教授,也是我国最负盛名的语法学家之一。而且,她还喜欢研究句子的来历和语言的种种奥秘,她一遍又一遍地重读我写的东西,并作出修改，甚至还提出批评。在她严厉的目光下，我无数次修改我的作品，直到大家都满意。我有时也很自负，但里曼教授似乎对我的狂妄并不介意，因为我们没有中断合作，许多书都是在她严厉的监督和无情的批评中完成的。

我还需要一些绘画高手

跟大家想象的相反，书中的插图并不是我自己画的。可惜啊，我没有圣埃克絮佩里那样的绘画天赋。替我画插图的是两个十分年轻的大才子：马培新（音译）和阿列克西·卢贡。他们50岁，是两个人加起来50岁！他们对书中的精神把握得很准。他们是平面设计师，平时是做图书的封面设计的，那是一项难度很大的工作，因为要在一页纸上把书的主旨反映出来。起初，我并没打算写插图本故事。看了他们替我设计的封面之后，我才决定在书中加插图。

我还需要一个歌曲方面的盟友

因为词语的语法和乐法很相似。我想向亨利·萨尔瓦多①表示敬意，他跟我一样酷爱文字，便创造了亨利先生这个人物。我替丛书的第一本书想书名时，他的一首代表作的歌名很快就出现在我的脑海里："妈妈给我唱的／一首温柔的歌……"大家别忘了，那首歌的音乐是亨利·萨尔瓦多创作的，歌词出自莫里斯·蓬之手，啊，歌词太美了……

不过，出版社的营销经理却急坏了："您就不能把书名中的'语法'二字拿掉？否则，我的书怎么卖？"我坚决不让步，实事求是，不要做虚假广告。读者的反应证明我是对的。法国人喜欢自己的语法，尽管法语语法很可怕，有很多陷阱。

插图者之一是中国人

给图书画插图，首先要进入作者的世界，感受，思考，然后退出，再进行绘画。这是一项非常危险的工作，十分危险：不能背叛原著，千万不能背叛……

马培新和阿列克西·卢贡拿到书的清样时，正在

---

① 亨利·萨尔瓦多（1917—2008），法国歌手、作曲家、吉他演奏家。

台湾旅行。马培新是中国人,正回老家呢!而对阿列克西来说,则是一次亚洲之行。之后,他们又去了日本,画了一些速写。回到巴黎后,他们才真正开始动手。他们本能地采用东方人喜欢用的色彩,兴致勃勃地驾驭它……

我和他们长时间地讨论场景与人物。他们画了又画,不断修改,直到大家都真正满意。这对我来说是一个梦。自从看了《丁丁历险记》,我就迷上了漫画。

法兰西学院院士倾情奉献
龚古尔奖得主代表作品

"语言群岛探秘"系列　海天版 2015 年 9 月

语法是一首温柔的歌
定价：23.00 元

埃里克·奥瑟纳

飞越疯人岛
定价：23.00 元

音符大逃亡
定价：23.00 元

归来吧！标点
定价：20.00 元

造词厂惊魂
定价：23.00 元